«Olvídate de Thor: quien electrifica todo en este libro es Louie. Lleno de acción, ingenio y muy muy divertido».
Rob Biddulph,
autor de *Draw With Rob*

«ESTE LIBRO ES EXTREMADAMENTE DIVERTIDO, MUY ORIGINAL Y LLENO DE DIBUJOS ESTRAFALARIOS».
Nadia Shireen,
autora de *Grimwood*

«CON GARRA, VERTIGINOSO Y CONDENADAMENTE BRILLANTE».
Laura Ellen Anderson,
autora de *Amelia Fang*

«TIENES QUE LEER ESTE LIBRO o, si no, puede que una serpiente te muerda el culo, cosa que desde luego podría ocurrir».
Jamie Smart,
autor de *Bunny vs. Monkey*

«Te ríes a carcajadas, con una inteligentísima mirada. Totalmente original y épico por todos lados».
Hannah Gold,
autora de *El último oso*

«¡Loki es un libro honesto e hilarante que promete una excelente y *loka* continuación!».
L. D. LAPINSKI,
autora de *Extramundos: agencia de viajes*

«GRACIOSÍSIMO, INTELIGENTE, ADICTIVO Y CON UN CORAZÓN TAN GRANDE QUE NO QUERÍA QUE SE ACABARA».
A. F. Steadman,
autora de *Skandar y el ladrón del unicornio*

«¡ESTE LOKI NO ES UN NIÑO DEBILUCHO, SINO UN (ANTI)HÉROE QUE TE ENCANTARÁ!».

Phil Earle,
autor de
When the Sky Falls

«Me encanta este ocurrente y maravilloso libro».

Lu Fraser,
autora de *The Littlest Yak*

«**MUY DIVERTIDO Y MAGNÍFICAMENTE INTELIGENTE**».

Jen Carney,
autora de *The Accidental Diary of B.U.G.*

«**Fantásticamente fresco y divertido**».

ANDY SHEPHERD,
autora de *El niño que criaba dragones*

«Con una astucia brillante y una fluida ALEGRÍA: ¿¡podría haber algún atisbo de bondad en Loki!?»,

Nicola Penfold,
autora de *Where The World Turns Wild*

«**Hilarante, apasionante y plagado de travesuras**».

Rashmi Sirdeshpande,
autora de *Never Show A T-Rex A Book!*

«¡INTELIGENTE, INGENIOSO Y ABSOLUTAMENTE GENIAL!».

A. M. Dassu,
autora de
Boy, Everywhere

El papel utilizado para la impresión de este libro ha sido fabricado a partir de madera procedente de bosques y plantaciones gestionadas con los más altos estándares ambientales, garantizando una explotación de los recursos sostenible con el medio ambiente y beneficiosa para las personas.

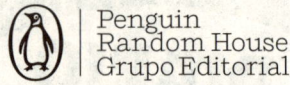

Diario de Loki
Cómo el peor de los dioses se convirtió en el mejor de los humanos (armando un lío)

Título original: *Loki. A Bad God's Guide to Being Good*

Primera edición en España: marzo, 2023
Primera edición en México: junio, 2023

D.R. © 2022, Louie Stowell, por el texto y las ilustraciones

D.R. © 2023, Penguin Random House Grupo Editorial, S. A. U.
Travessera de Gràcia, 47-49, 08021, Barcelona

Publicado originalmente en 2022 por Walker Books Ltd., Londres (www.walker.co.uk)

D. R. © 2023, derechos de edición mundiales en lengua castellana:
Penguin Random House Grupo Editorial, S. A. de C. V.
Blvd. Miguel de Cervantes Saavedra núm. 301, 1er piso,
colonia Granada, alcaldía Miguel Hidalgo, C. P. 11520,
Ciudad de México

penguinlibros.com

D. R. © 2023, Javier Roma, por la traducción

Penguin Random House Grupo Editorial apoya la protección del *copyright*. El *copyright* estimula la creatividad, defiende la diversidad en el ámbito de las ideas y el conocimiento, promueve la libre expresión y favorece una cultura viva. Gracias por comprar una edición autorizada de este libro y por respetar las leyes del Derecho de Autor y *copyright*. Al hacerlo está respaldando a los autores y permitiendo que PRHGE continúe publicando libros para todos los lectores.

Queda prohibido bajo las sanciones establecidas por las leyes escanear, reproducir total o parcialmente esta obra por cualquier medio o procedimiento así como la distribución de ejemplares mediante alquiler o préstamo público sin previa autorización.
Si necesita fotocopiar o escanear algún fragmento de esta obra diríjase a CemPro (Centro Mexicano de Protección y Fomento de los Derechos de Autor, https://cempro.com.mx).

ISBN: 978-607-382-909-0

Impreso en México – *Printed in Mexico*

Impreso en los talleres de Diversidad Gráfica S.A. de C.V.
Privada de Av. 11 #1 Col. El Vergel, Iztapalapa, C.P. 09880, Ciudad de México.

Este libro está dedicado a Adrian Mole, porque gracias a él Loki puede hacerse el chistoso y armar alboroto.

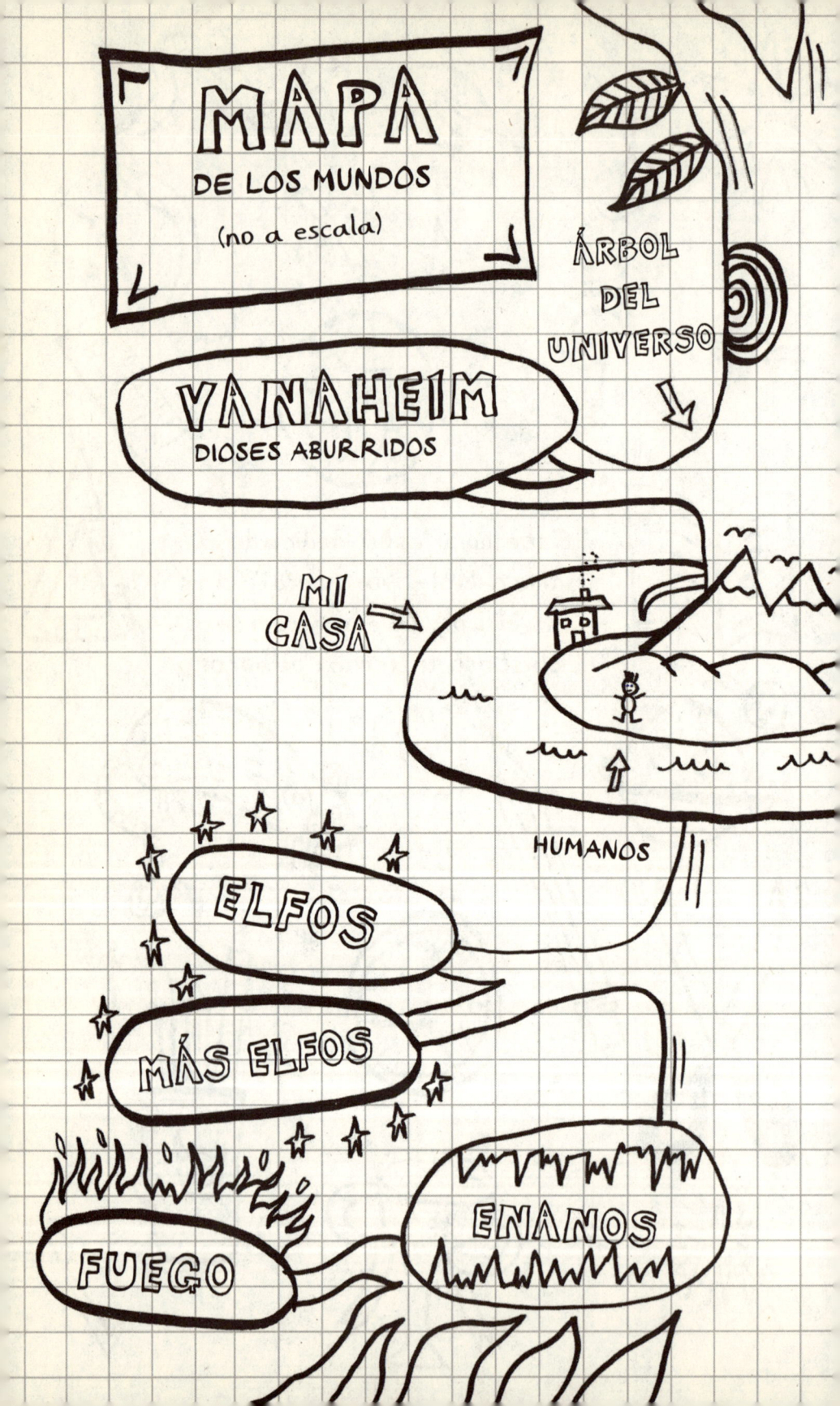

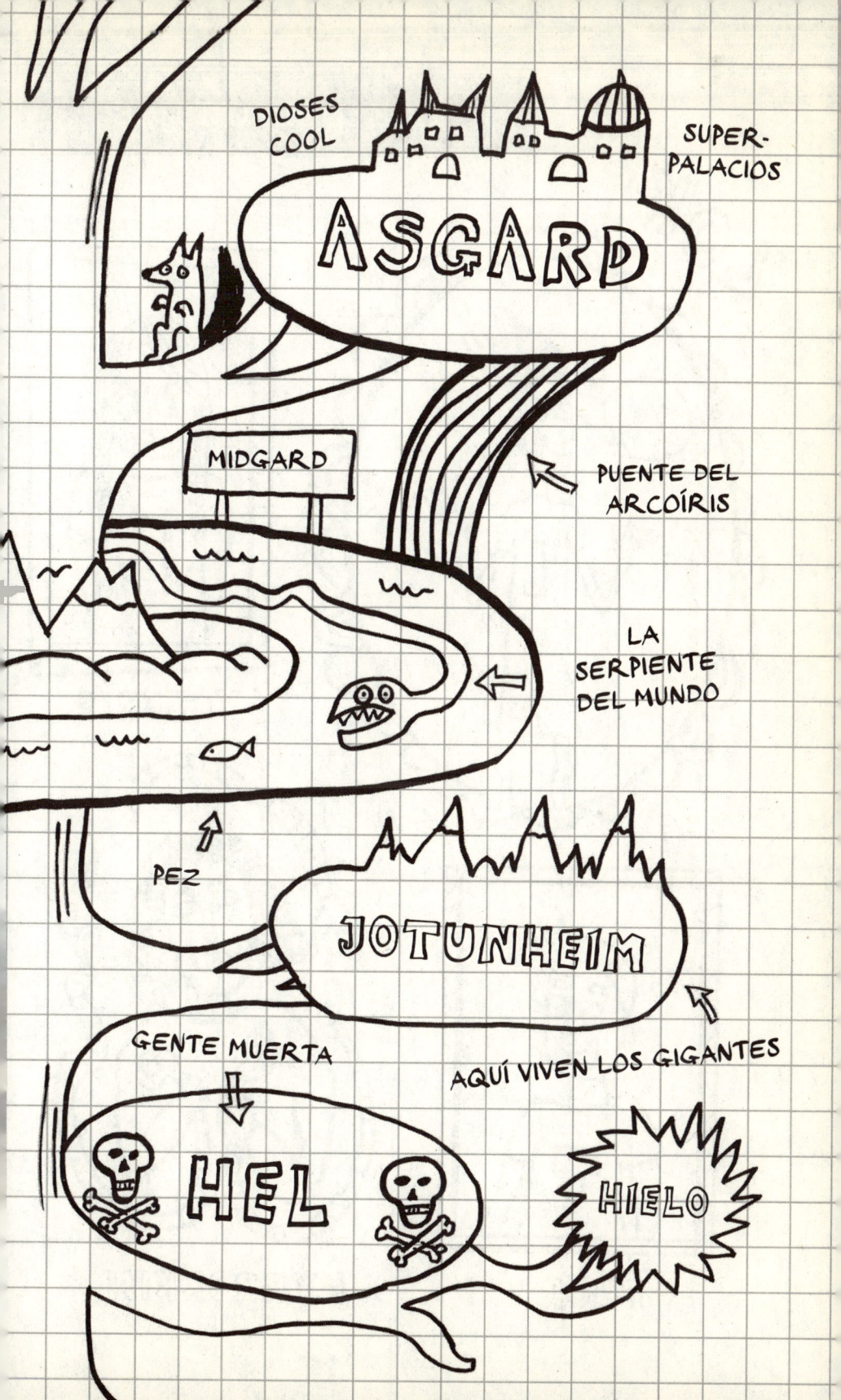

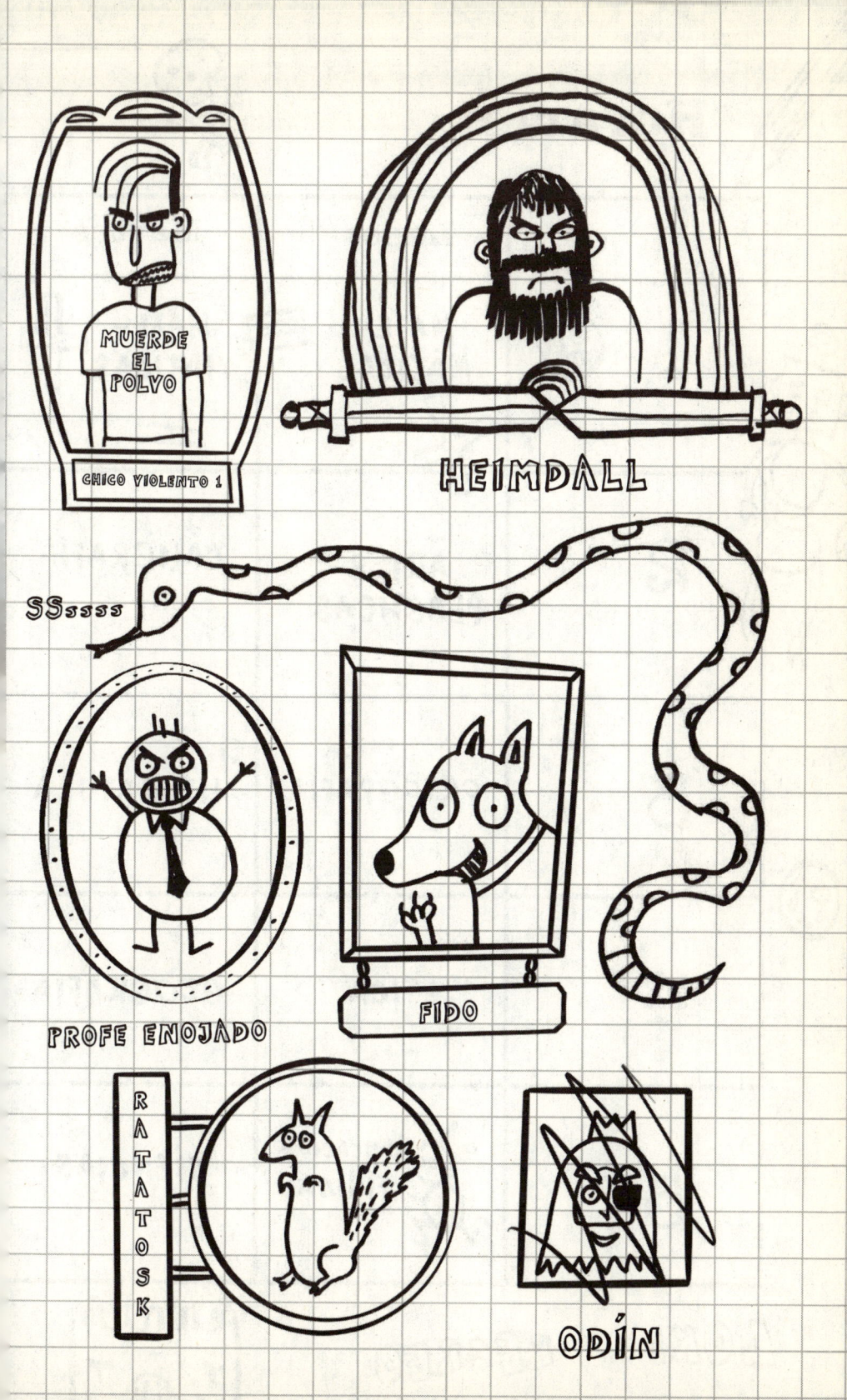

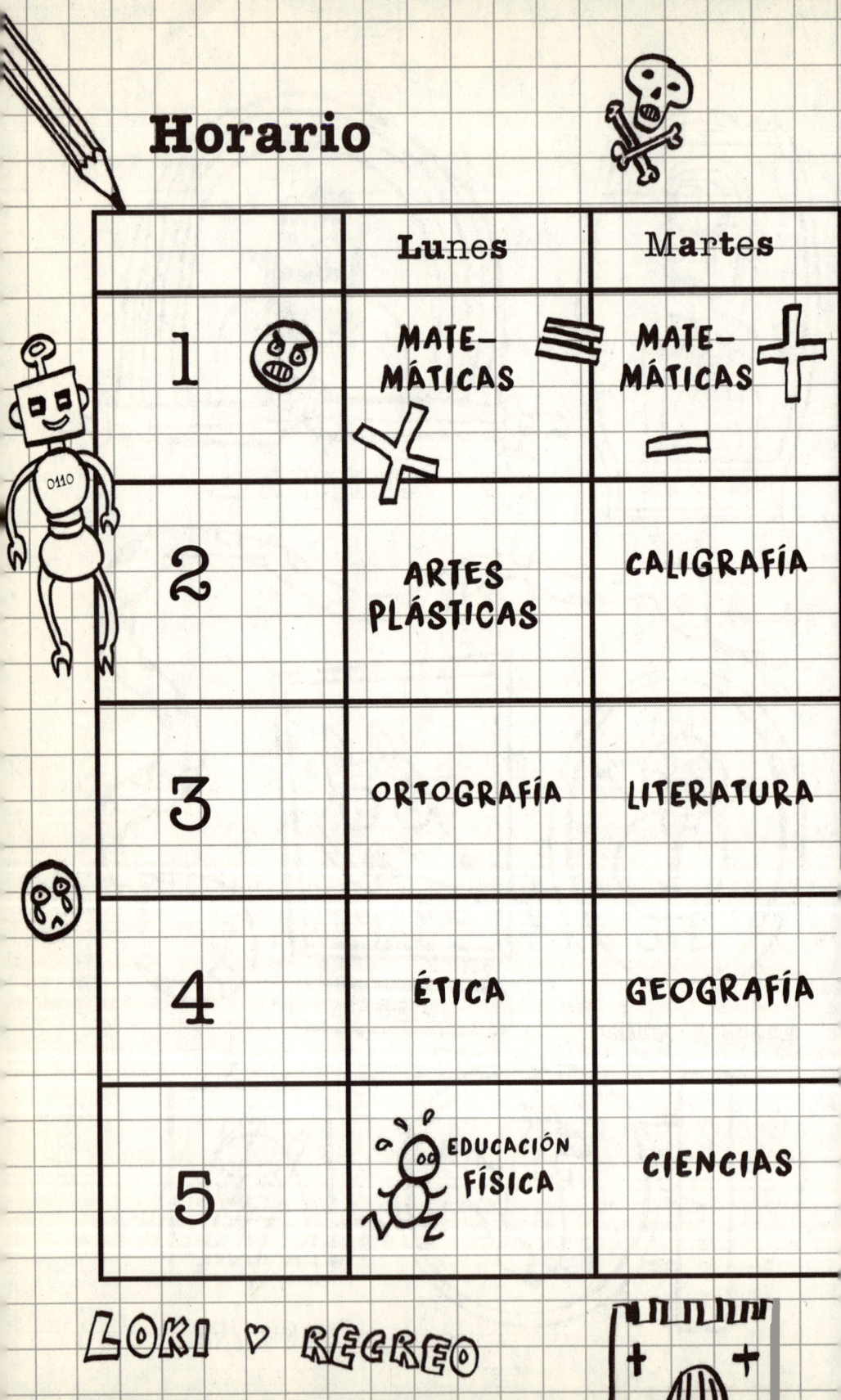

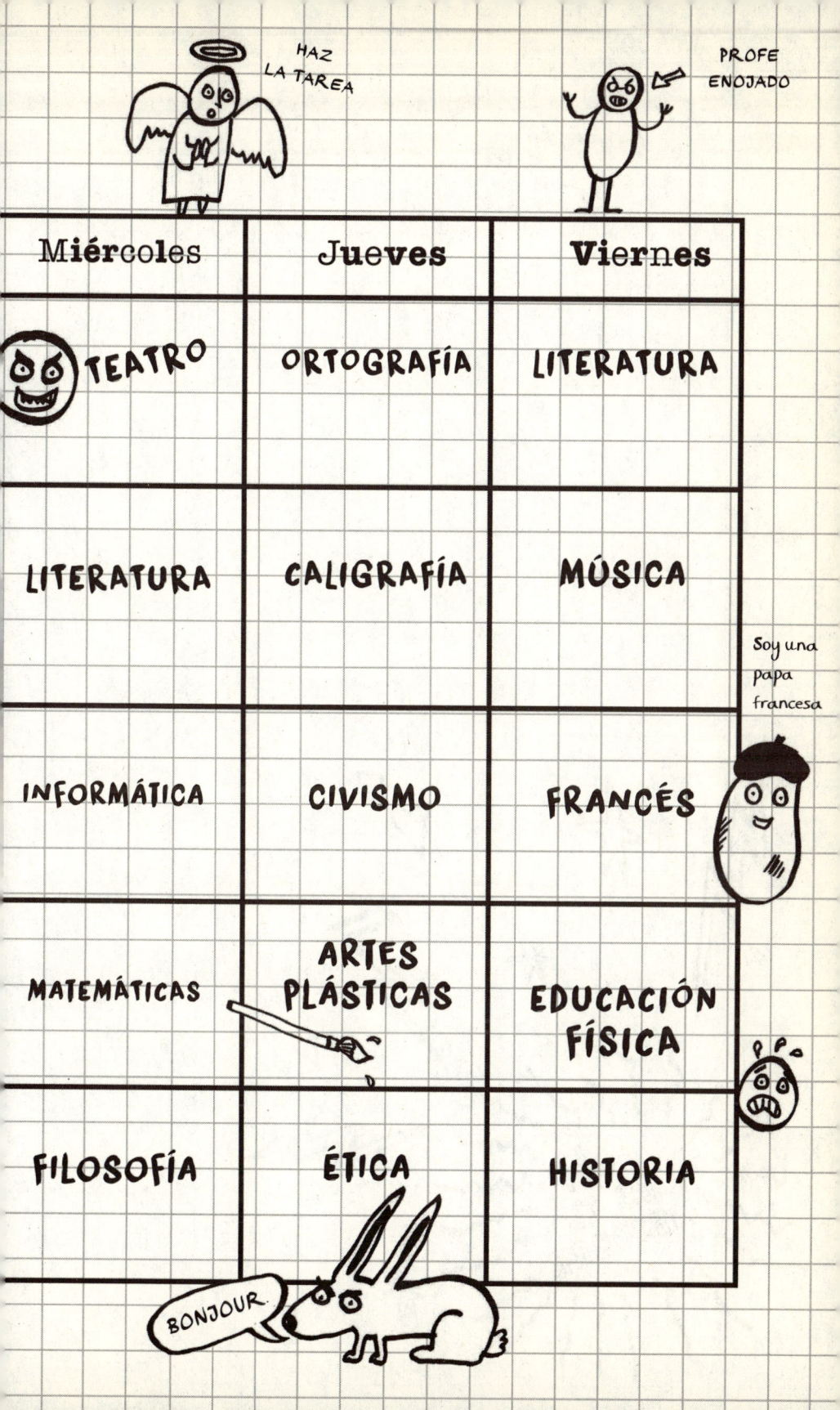

Día uno:

Miércoles

PUNTOS DE VIRTUD DE LOKI (O PVL):
-3 000

Me llamo Loki y soy un dios. O al menos lo era hasta el pasado martes. Ahora, Odín me expulsó a la Tierra con la forma de un niño humano de once años. Y esta situación apesta por distintos motivos.

Primero, por la debilidad total de este cuerpo mortal. No es que yo sea el más fuerte de los dioses, pero ahora las piernas parecen palillos, ¡y tengo la misma fuerza que una ardillita!

Resulta que los dioses nacen completamente desarrollados. Así que, hasta ahora, yo nunca había sido un niño. Al parecer, ¡así es como Odín cree que habría sido yo! ¡Qué estúpido!

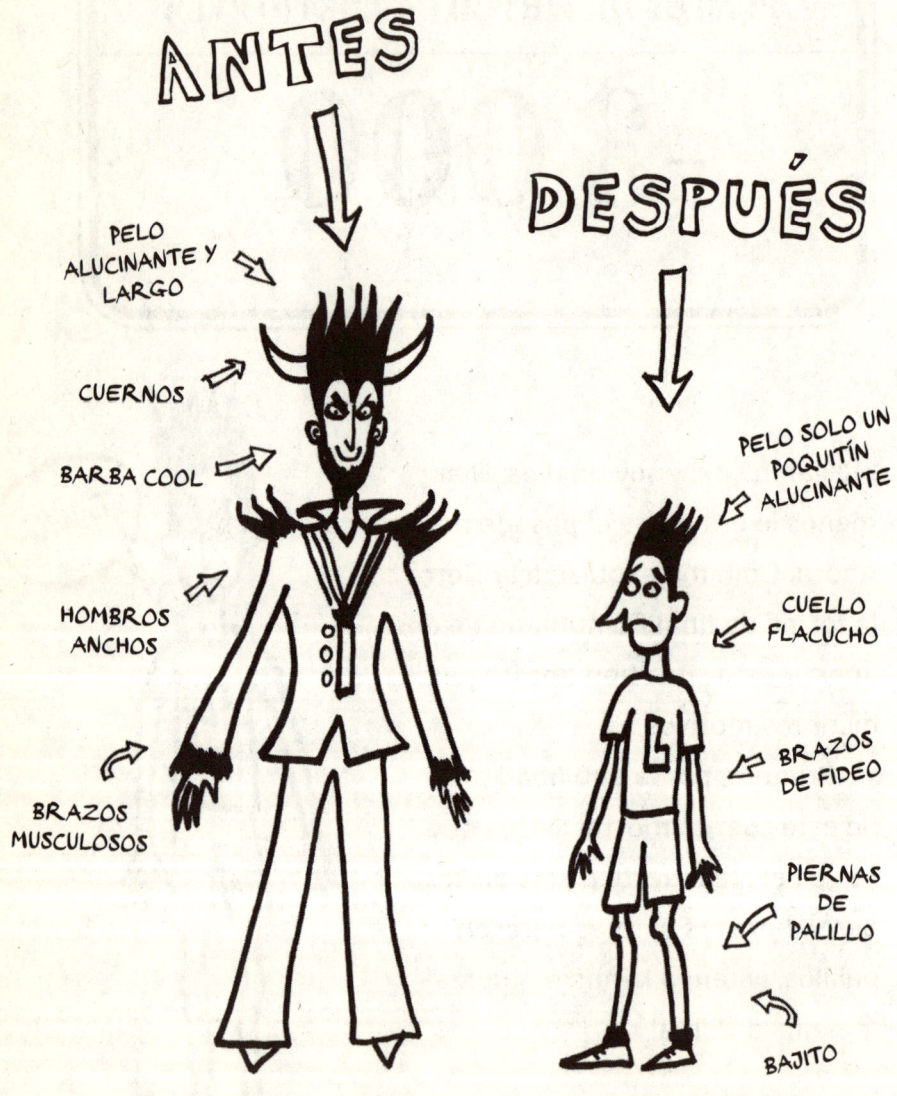

Segundo, mis falsos padres. El dios guardián Heimdall (que me odia) y la terrorífica gigante Hyrrokkin (ni idea de lo que siente) están aquí para fingir que son mi padre y mi madre en la Tierra. Tengo que vivir con ellos y hacer lo que me digan. Esta humillación me vuelve loco. ¿Qué no ven que tengo miles de años? ¡No debería tener hora de acostarme! ¡Ni tampoco debería hacer el quehacer! ¿Qué es esto de tener que doblar mis calzones?

Tercero, tengo que aguantar al Thor de once años, a quien le parece superdivertido tirarse un pedo en mi cara. Que él también esté aquí, sufriendo conmigo, podría consolarme un poco..., pero es complicado si se la pasan echándose pedos en tu cara.

Mientras esté en la Tierra, tengo que escribir en este estúpido diario todos los días, un mes entero, para demostrar que me estoy convirtiendo en una mejor persona y que soy digno de Asgard, que no sé ni lo que quiere decir.

Y ahora de seguro estás pensando: «Loki, eres el dios de las mentiras, el más pícaro de todos los dioses... ¿Por qué no mientes en el diario y dices que fuiste muy, muy bueno todo el mes?».

Por desgracia, Odín, con su molesta sabiduría, ya pensó en eso. Este diario es mágico. Si miento, el diario me corrige. Si digo, por ejemplo...

SOY EL MÁS PODEROSO DE TODOS LOS DIOSES

... me suelta tonterías como esta:

> **Corrección: no, no lo eres. El más poderoso es Odín. Tú eres un gusano enclenque cuyos únicos poderes verdaderos son la transformación física y la astucia.**

Así que tengo que elegir: mentir y ser fiel a mi gloriosa naturaleza y que me regañe esta voz entrometida que sale de la nada, o bien, decir la verdad sin añadiduras ni tachaduras.

> **Corrección: yo no soy una simple voz entrometida. Soy una simulación del mismísimo Odín y de toda su sabiduría.** !

Pues, si tan sabia eres, ¿en qué número estoy pensando?

> **No estás pensando en un número. Estás pensando: «Odín apesta».** !

Vaya. A lo mejor sí tengo que ser sincero por aquí. Para todo hay una primera vez.

Todo este drama empezó con una bromita de nada que le hice a la diosa Sif, en la que se vieron involucradas su larga y dorada cabellera, unas tijeras y una siesta inoportuna. No entraré en detalles, pero digamos que en Asgard no les sientan muy bien las bromas. Ni tampoco los cortes de pelo.

Cuando me di cuenta, ya estaba encadenado, sin mis poderes divinos y encerrado en una mazmorra, mientras Odín ideaba qué castigo ponerme.

Hasta esta mañana, cuando me sacaron de la cárcel de malas maneras y abrí los ojos en el sol asgardiano. Odín me plantó este diario en las manos y me echó por el puente del arcoíris que va de Asgard a Midgard; o como ustedes, los mortales, lo llaman: la Tierra.

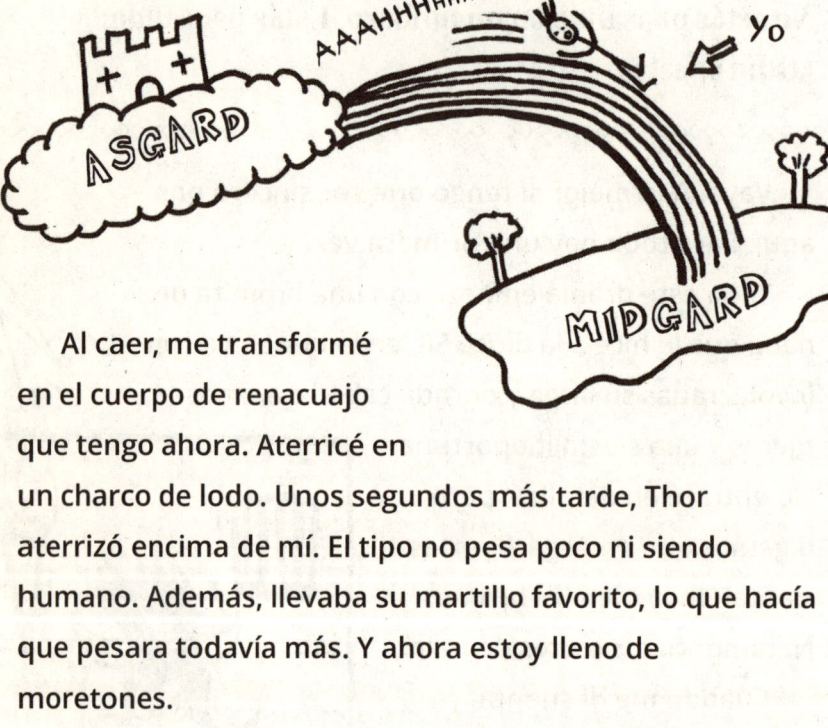

Al caer, me transformé en el cuerpo de renacuajo que tengo ahora. Aterricé en un charco de lodo. Unos segundos más tarde, Thor aterrizó encima de mí. El tipo no pesa poco ni siendo humano. Además, llevaba su martillo favorito, lo que hacía que pesara todavía más. Y ahora estoy lleno de moretones.

Me levanté y observé a mi alrededor. Estaba en un sitio gris, triste y lleno de mortales. Nadie me miraba. Entonces me di cuenta de que mi forma había cambiado. Soy tan guapo, que normalmente todo el mundo se queda enloquecido al verme.

> **Corrección:** tienes el aspecto promedio de todos los dioses, y el motivo por el que todo el mundo te mira en Asgard es para comprobar si estás tramando algo. **!**

¿He dicho ya que ODIO la verdad? Es tan fea y cruda como una de esas ratas topo desnudas que parecen bebés de caracol rosas que mastican piedras.

RATA TOPO DESNUDA

Cuando llegaron Heimdall Hyrrokkin, parecían más o menos ellos mismos, aunque Hyrrokkin era la mitad de alta y a Heimdall le faltaba su esplendor divino.

Ambos iban vestidos con ropa de humano mugrienta, en lugar de pieles de animales y collares y pulseras de oro. Con esos trapos, Hyrrokkin parecía como si fuera a una reunión de la Sociedad del Tedio y la Monotonía. Además, iba a pie, cuando siempre montaba en un lobo que tiene serpientes como riendas.

La armadura y las imponentes armas de Heimdall ahora eran unos pants y unas pantuflas. Me llevaron a un cuchitril donde íbamos a vivir como una falsa familia mortal.

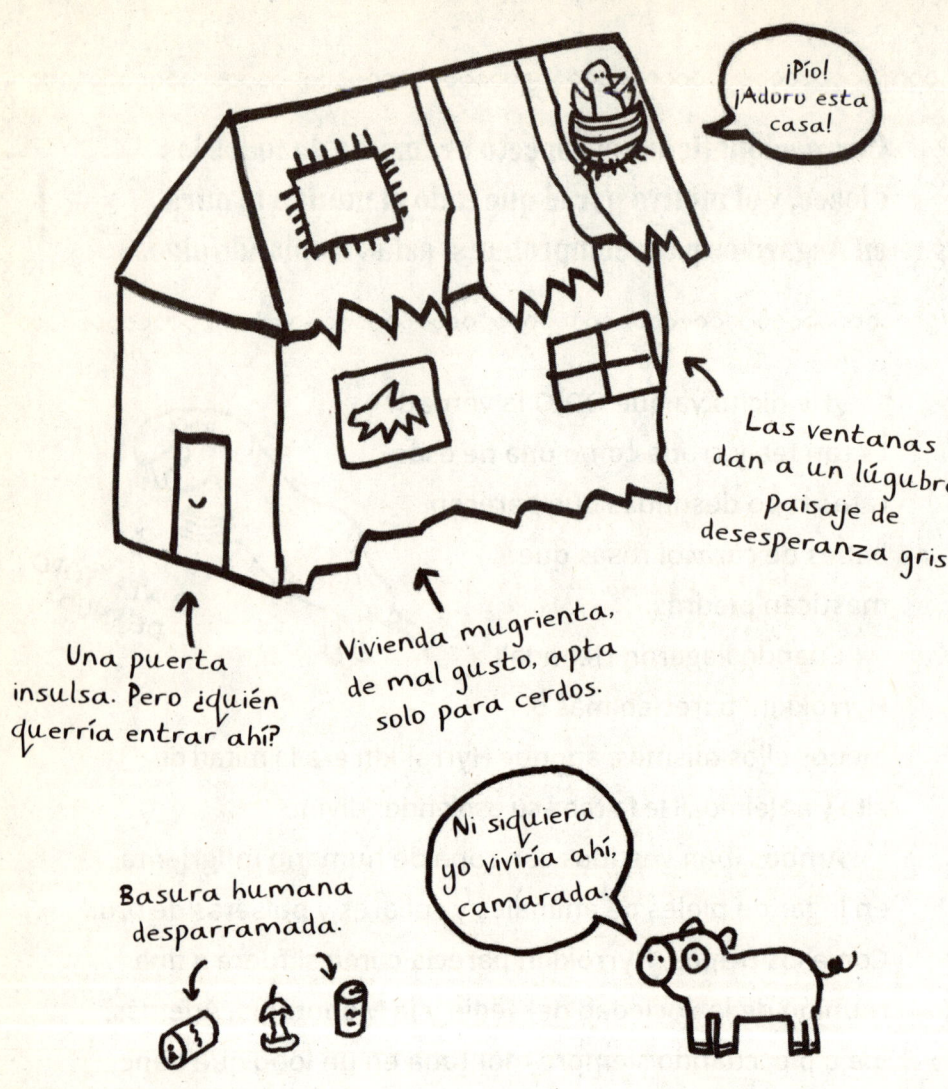

> ¡Corrección: en realidad es una casa bastante buena para los estándares humanos, con conexión rápida a internet y calentador eléctrico. Todos esos dibujos son sumamente imprecisos, si no es que prácticamente mentiras.

Bueno, volvamos a mi horripilante nueva realidad. En una de las habitaciones pequeñas y tristes de nuestra nueva vivienda, Heimdall e Hyrrokkin me sentaron y me dieron unas cuantas órdenes:

> **!** **Corrección: Hyrrokkin no te amenazó con su lobo.**

La amenaza se sobreentiende. Todo esto es ridículo. No se puede confiar en lo que Heimdall e Hyrrokkin le digan a Odín sobre cuánto mejoraré. Los dos me odian.

> **!** **Corrección: Heimdall te odia, Hyrrokkin ni fu ni fa. Y no serán ellos quienes informen a Odín sobre ti. Seré yo, el diario, quien lo haga.**

¿Qué te parece si, en vez de interrumpirme de malas maneras, me haces un pequeño resumen?

> **!** **Muy bien.**

- Tú, Loki, tienes que demostrar una mejora moral que se medirá en puntos de virtud. Tu puntuación de salida es -3 000. Tu objetivo es +3 000.

- La puntuación la calculará un libro (yo) que contiene toda la sabiduría del mismísimo Odín, incluida información importante del siglo XXI.

- Hyrrokkin y Heimdall te supervisarán disfrazados de tus padres.

- Thor, fingiendo ser tu hermano, irá contigo a sitios del territorio mortal donde los padres no se atreven a ir, como la escuela.

- No debes enseñar tus verdaderos poderes de dios a ningún humano. Si lo haces, serás condenado a un castigo inmediato permanente.

- Si la humanidad sufre una catástrofe durante tu estancia en Midgard, se te aplicará un castigo inmediato.

Un momento. Mientras esté en la Tierra, si sucede cualquier cosa apocalíptica, ¿será mi culpa? ¿Incluso un meteorito? ¿O una guerra nuclear? ¿O una plaga de langostas?

> ! **Correcto.**

¡ES TOTALMENTE INJUSTO!

> ! **En caso de emergencia, solo tendrás que pronunciar las palabras «OYE, ODÍN», y el Padre de Todo responderá.**

¡Soy demasiado maravilloso como para que me traten así! ¡Yo soy Loki, el tramposo más listo e ingenioso! Me niego a estar un mes entero haciendo solo cosas aburridas y bondadosas. ¡No voy a escribir más en este diario! ¡No eres mi jefe!

¡OYE, ODÍN! ¿ME OYES? ¡No voy a seguirte el juego! ¡Me niego! ¡Ven por mí!

Pues resulta que sí, que Odín ES el jefe, y yo voy a tener que seguir anotando todo lo que haga en este diario, o si no me va a ir mal. Aunque me da una pereza tremenda seguir escribiendo, esto es lo que pasó después...

—Te negaste a ser investigado —dijo Odín—. Esta es la consecuencia. Te presento a Colmillitos, tu nuevo peor enemigo.

—No nos apresuremos —respondí, alejándome del veneno que goteaba de la serpiente—. Deberíamos hablarlo como adultos que somos. O como un adulto en el cuerpo de un niño y otro adulto.

Odín hizo un gesto despectivo, como si ahuyentara a un perro travieso.

—Está claro que eres demasiado vago como para ser bueno ni siquiera un mes, así que bienvenido al resto de la eternidad. Una habitación donde el aire es espeso y huele a pescado podrido y pipí, en la que suena siempre la canción que más odias. Sif prometió venir cada poco tiempo a cortarte el pelo y te dejará todos esos molestos pelillos del cuello, de los que nunca te puedes librar. Y Thor va a...

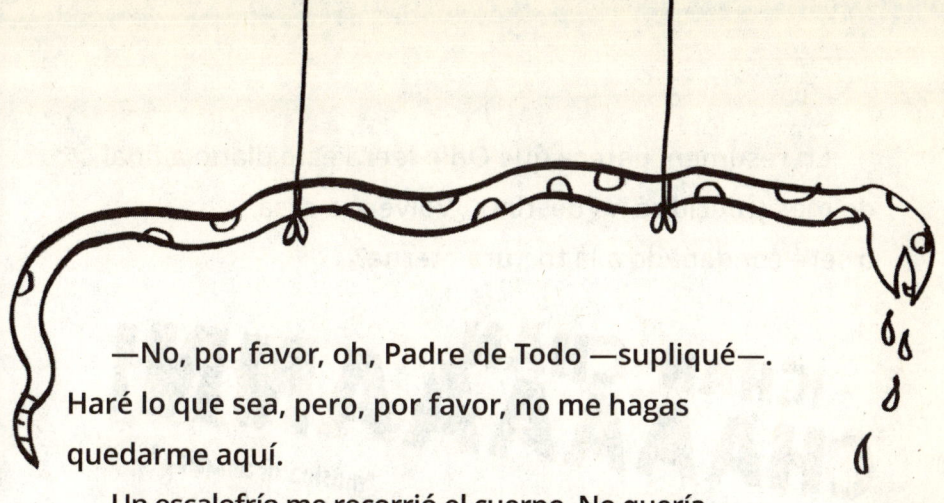

—No, por favor, oh, Padre de Todo —supliqué—. Haré lo que sea, pero, por favor, no me hagas quedarme aquí.

Un escalofrío me recorrió el cuerpo. No quería saber qué más torturas supondría la presencia de Thor.

Y además la serpiente, colgando justo encima de mí, a punto de escupirme su veneno.

Odín resopló.

—No creo que puedas hacerlo. Eres débil.

Eso me dolió.

—¡NO lo soy! ¡Soy Loki y soy un dios! ¡Puedo hacer LO QUE SEA!

Odín me miró un largo rato en silencio.

Contuve la respiración, y no solo por el olor apestoso.

—Se mantiene, pues, tu reto. Un mes para demostrar que eres digno de Asgard. Ni más ni menos. Y si fracasas... —sacudió la cabeza y señaló a la serpiente, que siseaba.

Creo que la serpiente me guiñó un ojo.

Luego, sin mediar palabra, ya estaba de nuevo aquí, en mi pequeña y feúcha habitación, tumbado en esa cama incómoda y con lágrimas resecas en la cara.

En resumen, parece que Odín leerá este diario a final de mes y decidirá mi destino. ¿Volveré a casa, o seré condenado a la tortura eterna?

¡CHAN-CHAN CHAAAAAAANN! *música dramática*

Va a ser un mes muuuuuuuuuuuuuuuy largo.

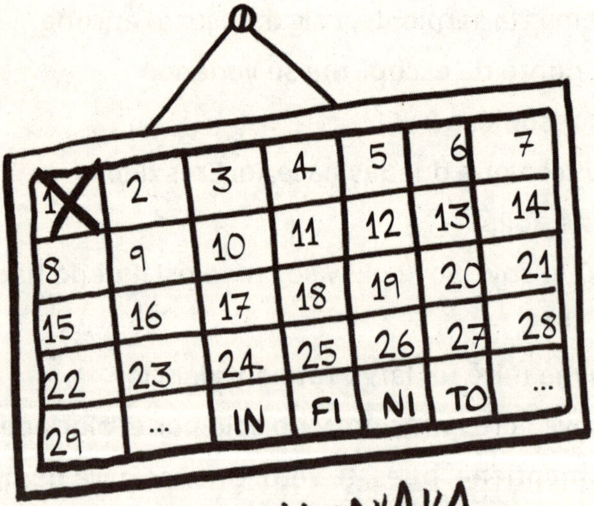

Día dos:

Jueves

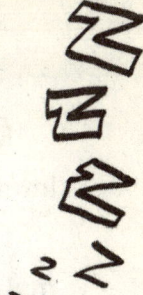

PUNTOS DE VIRTUD DE LOKI (O PVL):

-3 050

Se descuentan 50 puntos por haberte rendido antes de empezar siquiera.

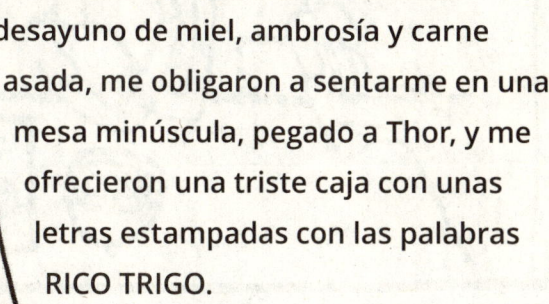

Dormí fatal en ese colchón de humanos lleno de bultos. ¿Dónde están mis almohadas de plumas de paloma y mi edredón tejido con sedosas nubes de algodón? Podrán decir lo que quieran de Asgard (yo lo hago a menudo), pero en ese mobiliario tan suavecito que tiene no le gana nadie.

El día no se puso mejor. En lugar de mi habitual desayuno de miel, ambrosía y carne asada, me obligaron a sentarme en una mesa minúscula, pegado a Thor, y me ofrecieron una triste caja con unas letras estampadas con las palabras RICO TRIGO.

Me di cuenta de que no era una mala rima, sino un intento por ser graciosos.

Lector, lo que había en la caja no estaba rico, con o sin mala rima. Era una especie de cemento cubierto de azúcar. Por algún motivo que no alcanzo a entender, se meten en leche, se empapan, y acaban siendo como mocos peludos. Por lo visto, muchos humanos comen esto todos los días, sin que sea por castigo divino ni nada.

Creo que aún me queda mucho por aprender para entender a los mortales.

En realidad, lo que más tengo que aprender es cómo entender a Thor. Me desconcierta que los dioses lo admiren. Una vez lo caché cortándose las uñas de los pies en la mesa de los banquetes. He dicho «lo caché», pero en verdad lo gritó a los cuatro vientos:

> ¡Contemplen mis esplendorosas uñas de los pies! ¡Miren cómo surcan la sala del banquete!

No tuve que investigar mucho, la verdad.

Después de nuestro patético desayuno, Hyrrokkin nos condujo a ese espantoso lugar que los humanos llaman escuela. Para poder entender más o menos cómo funciona una escuela de mortales, imagínate una prisión llena de guardias crueles, donde los pasillos huelen a desesperación y productos de limpieza. No nos dejaron ir en lobo porque:
a) no tengo permitido ir en lobo después de lo de la última vez,
y b) los humanos huirían atemorizados y eso me haría perder puntos.

Además, Hyrrokkin disfrazó a su lobo de perro. ¿Qué dios que se respete a sí mismo se subiría al lomo de un PERRO? Aunque sí vino caminando con nosotros a la escuela. Hyrrokkin dijo que nos vendría bien para hacer amigos. Esto me pareció absurdo pero, efectivamente, cuando llegamos a la entrada de la escuela, varios niños se amontonaron a nuestro alrededor para acariciar al perro.

Los humanos son muy raros con los perros. No parecen darse cuenta de que los perros son como los lobos, pero en patético.

LOBO: ¡AUUU!
1. Te raja el cuello.
2. Aúlla a la luna de madrugada.
3. Tiene un aspecto cruel e increíble.

PERRO:
1. No te raja el cuello.
2. Lame humanos.
3. Lloriquea y emite unos ladridos molestos y agudos.
4. Hace caca en el suelo. Ni siquiera THOR hace eso. Bueno, puede que alguna vez.

Hyrrokkin le puso de nombre Fido a su lobo convertido en perro. A los gigantes se les conoce por muchas cosas (por pelearse, por hacer magia e ilusionismo, por construir muros muy grandes, por cambiar de forma), pero la imaginación no es su fuerte.

Cuando Hyrrokkin se dio media vuelta y se fue con el perro, nosotros nos unimos a unos niños mortales que entraban en tropel por las puertas de la escuela, entre gritos y risas.

Seguimos a la multitud hasta un espacio interior vacío que estaba dentro de la escuela; una especie de corral o, tal vez, un gallinero en el que contener a estos seres salvajes. Todos gritaban y se peleaban y forcejeaban como bestias. Thor se sentía como pez en el agua.

Mientras caminábamos por ese corral, que luego descubrí que se llamaba patio de recreo, muchos se detuvieron para mirarnos. O, más bien, para mirar a Thor.

Me duele confesar que solo lo miraban a él. A las chicas les daba una risita nerviosa cuando él pasaba. Los chicos se pusieron en plan machito (a algunos también les dio una risita). Solo hubo una persona que no le hizo ojitos: una chica alta y grandota, con trenzas rubias y rostro duro. No sé si la habíamos ofendido por algo, o si esa era su cara natural.

Me pareció una expresión familiar. Era la misma mirada que me lanzó la diosa Sif cuando se dio cuenta de que le había cortado el pelo. De hecho, era la mirada que todos los dioses me echaban al menos una vez al mes, justo después de que yo hiciera algo gracioso y divertido. No sé por qué esta chica me miró así. Yo no le había hecho nada, solo pasé por delante de ella siendo absolutamente despampanante. ¿Acaso estaba celosa de mi esplendor? Seguramente era eso.

Corrección: no era eso. !

En la entrada del edificio nos saludó una mujer que llevaba un cordón en el cuello del que colgaba una foto espantosa de la propia mujer. (Sin sentido). Debajo de la foto tenía su nombre. (Aburrido). Descubrí que era lo que los mortales llaman una maestra: un humano adulto que encarcela a los niños durante el día y les berrea información.  Como villanos de los buenos, los maestros liberan a los niños cada noche para que prueben la alegría del mundo exterior, y para que al volver a capturarlos cada mañana, de nuevo les suponga otra tortura. Fantástico.

—Ustedes deben ser Liam y Thomas, ¿no? —dijo la torturadora. Obviamente, Odín nos había puesto nombres falsos para integrarnos entre los mortales. Thor gruñó, demostrando así que yo tenía razón en lo de «listo».

Sí, somos hermanos. Yo soy el listo y guapo.

—Eeeh... Muy bien. Soy la profesora Williams —dijo la maestra—. Les presento al resto de la clase.

Nuestra «clase» resultó ser un grupo de niños atrapados en una habitación, con una pinta tristísima y angustiadísima. Junto a estas pobres almas, se nos asignaba una serie de retos. Normalmente, las pruebas a las que debe someterse un dios consisten en combate armado, búsqueda de un objeto mágico o consumación de hazañas imposibles.

Cuando eres un niño mortal, estos retos básicamente son usar papel y pluma.

Por ejemplo, en el primero de nuestros retos mañaneros teníamos que escribir palabras simples en una lista, para asegurarnos de que habíamos usado correctamente las runas; o letras, como las llaman los mortales de ahora.

A pesar de que tienen unas máquinas para escribir que se llaman computadoras, parece que los mortales todavía valoran las palabras garabateadas con sencillos instrumentos. Si no los despreciara como a los gusanos inferiores que son, hasta me resultaría encantador y pintoresco.

Cometí algunos errores adrede, para que nadie sospechara que tengo el ingenio y la sabiduría de un dios. Thor cometió

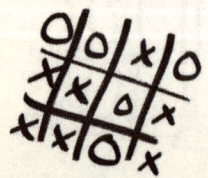

muchos errores porque tiene el ingenio y la sabiduría de un caracol joven. Luego nos dieron un descanso, porque al parecer los atrofiados cerebros mortales no pueden retener mucho conocimiento a la vez.

Tras unas cuantas aburridas clases más, tocaba la comida, que era incomible. Nada de buey a las brasas. Nada de hidromiel. Solo unas papas pastosas y grasosas, y una materia verde que no supe identificar.

En una de las clases de la tarde teníamos que dibujar una cosa que se llama árbol genealógico, que incluye a todos tus familiares, desde padres e hijos hasta hermanos. Este es el ejemplo que nos mostró la maestra.

Para mí no era TAN fácil, porque no estoy completamente seguro de quiénes son mis padres, más allá del hecho de que mi padre era probablemente un gigante y mi madre puede que una gigante o una diosa, o un poco de cada una.

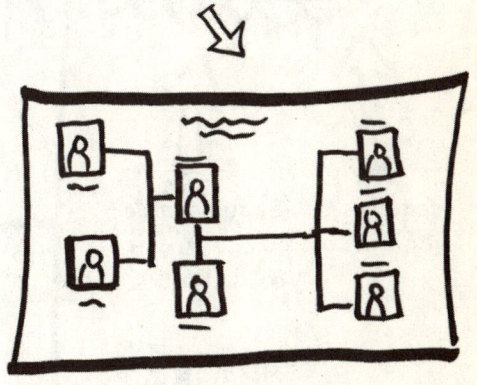

No conocer a mis padres me hace mucho más cool, creo yo. Aunque no estaría mal que de vez en cuando me regalaran algo por mi cumple... O saber de hecho cuándo es mi cumple.

Esto es lo que dibujé:

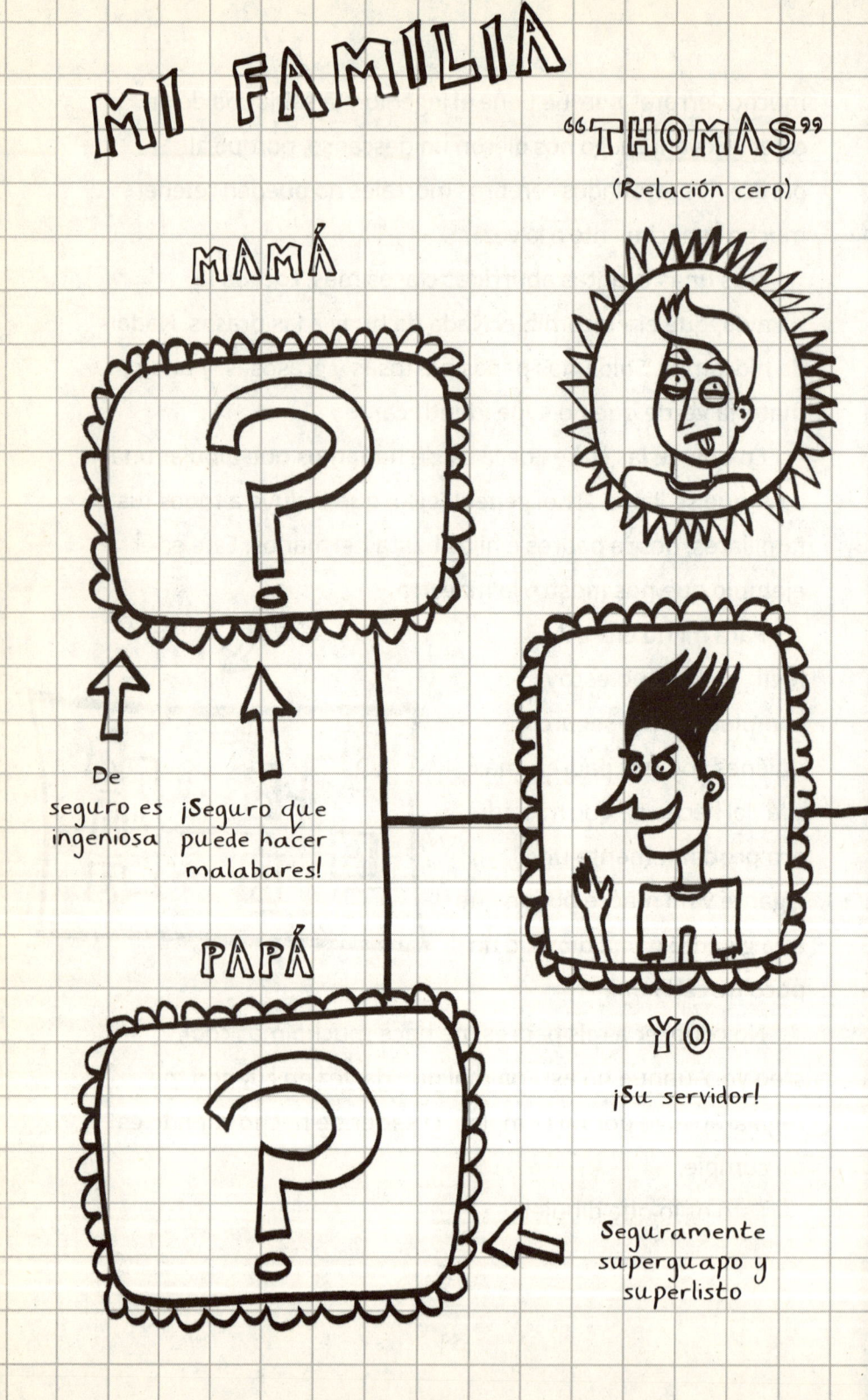

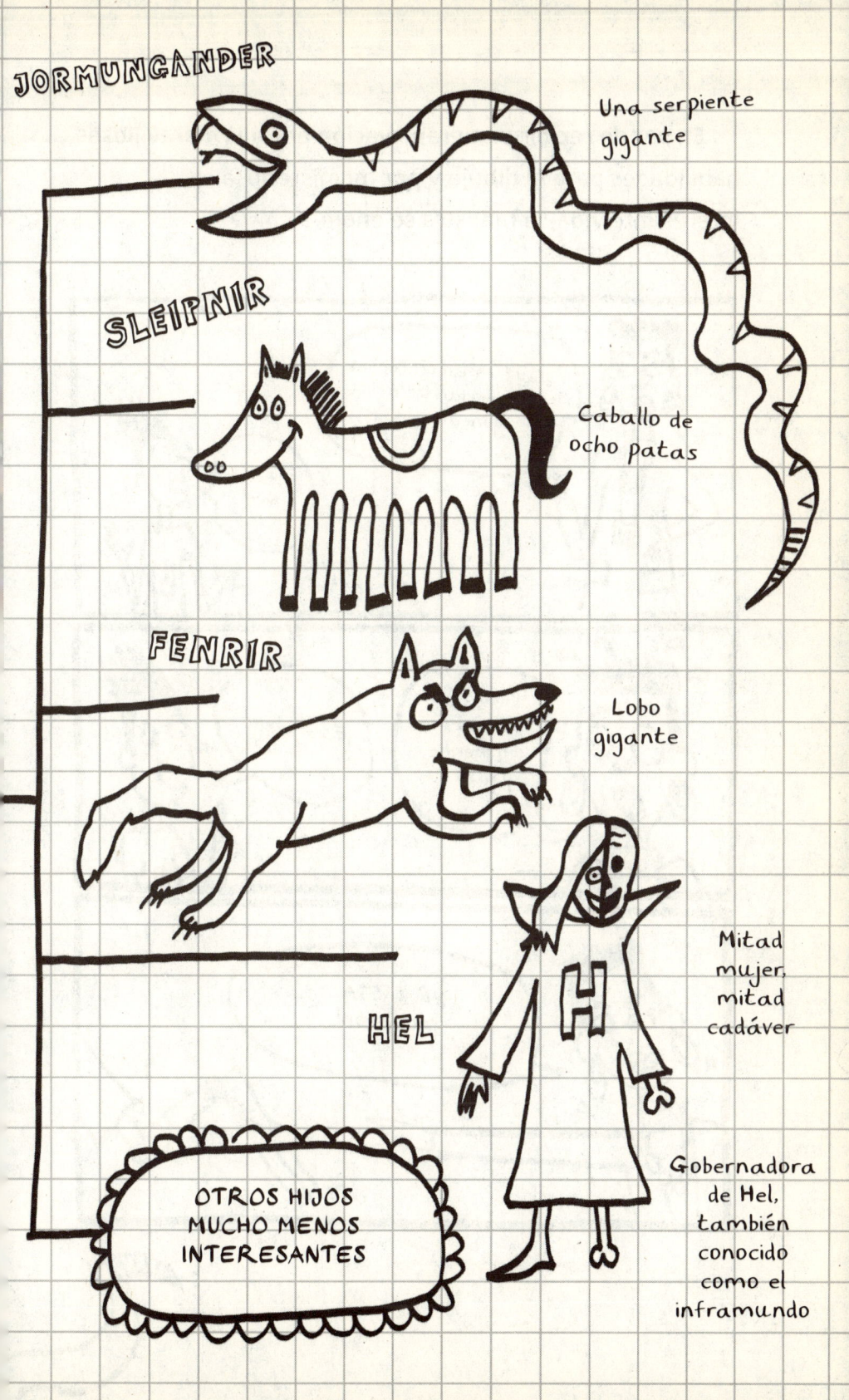

En vez de recibir una gran ovación por mis maravillosas habilidades para el dibujo y por mi misteriosa e interesante vida, la maestra se enojó.

¡Pero es que esa serpiente SÍ ES mi hijo! Si estuviera mintiendo, el libro lo corregiría. Y mira... ¡No es una mentira!

(Es una larga historia en la que participan las cadenas más fuertes del mundo, un lobo y una mano cortada. Ya se las contaré algún día). Cuando pude volver a mi lugar, Thor me reclamó.

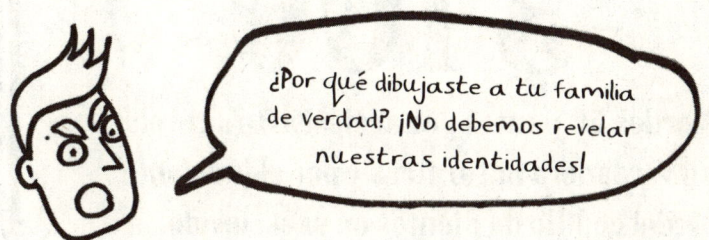

¿Por qué dibujaste a tu familia de verdad? ¡No debemos revelar nuestras identidades!

—No, lo que no debemos revelar son nuestros PODERES —le respondí—. Eso es lo que dice pone en el libro.

—¡Ya sabes a qué se refería Odín! —gruñó Thor—. ¡Debes guardar los secretos de los dioses!

—No es mi culpa que las instrucciones no fueran claras.

—Siempre es tu culpa —refunfuñó Thor.

Odio a Thor. Y voy a decir una cosa estupenda sobre el reino de los mortales: abre todo un abanico de nuevas posibilidades para artimañas asquerosas.

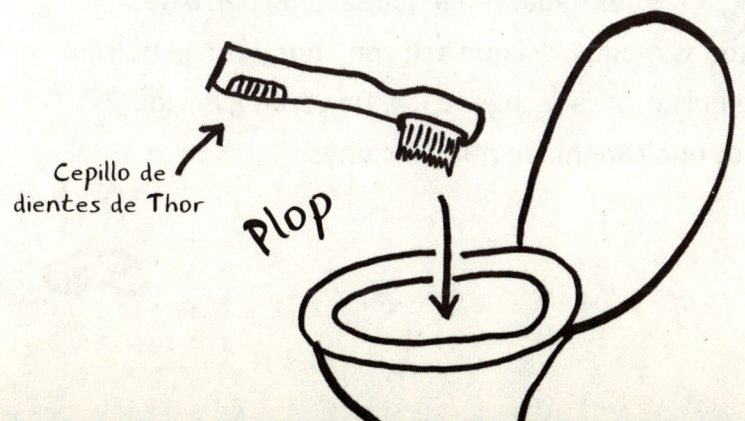

Cepillo de dientes de Thor

PLOP

Día tres:
Viernes

PUNTOS DE VIRTUD DE LOKI (O PVL):

-3 100

Pierdes 50 puntos por arriesgarte a revelar tu verdadera naturaleza y por el incidente del cepillo de dientes en el escusado.

¿Qué? Bueno, eso no está bien. Tengo la sensación de que este sistema de puntos es muy injusto. Quiero presentar una queja formal.

> **!** Queja registrada. E ignorada. El Padre de Todo, que todo lo sabe, creó el sistema. Eres un pesado. Sigue con tu misión y deja ya de quejarte.

¿EN SERIO? Pues nada. Tenía que sacar al perro de todos modos, así que salí con Thor y con el bolsillo lleno de bolsas para recoger caca. De verdad, la vida mortal es una cadena de humillaciones.

Mientras tanto, Heimdall se fue a algo llamado trabajo. No sabía lo que era, pero apareció una definición en el libro.

> **Trabajo:** cosa que hacen los adultos humanos. Significa hacer algo que no quieres hacer, para gente que detestas, a cambio de oro.
>
> (Véase también: CAPITALISMO)

Aunque Odín nos dio un montón de oro para que estemos bien vestidos y alimentados durante nuestra estancia en la Tierra, Heimdall e Hyrrokkin accedieron a hacer trabajos mortales. Así sería más fácil integrarse con los demás humanos y no llamar mucho la atención.

Personalmente, no veo por qué Odín no nos hizo megarricos, para que a nadie le sorprendiera que Heimdall no fuera a trabajar. Podríamos haber ido a escuelas caras en las que sirvieran cisne en cada comida, en lugar de la bazofia que me obligan a comer ahora. Estaba investigando sobre las escuelas privadas. Creo que me gustaría ir a una, porque habría mucha gente de la que sería genial burlarse.

𝕰𝖘𝖈𝖚𝖊𝖑𝖆 𝖕𝖗𝖎𝖛𝖆𝖉𝖆: un lugar en el que los hijos de los ricos aprenden a hablar unos por encima de los otros, y donde se les dice a diario que han nacido para gobernar el mundo. Es inevitable que crezcan para ser políticos y jefes y, en efecto, terminan gobernando el mundo. Fatal, claro.

Pero no. Odín solo nos dio el oro suficiente para estar cómodos, no para gobernar el mundo. Pfff.

Heimdall trabaja como guardia de seguridad. Se parece bastante a lo que hacía en Asgard, donde vigilaba el puente del arcoíris para evitar que entraran los gigantes que vinieran a atacar. Pero, en la Tierra, un guardia de seguridad no puede llevar un hacha enorme y cortarle la cabeza a cualquiera que intente entrar en el edificio sin permiso. De hecho, eso no estaría nada bien visto. Es más, Heimdall tiene que pedirles que le enseñen un pequeño rectángulo de plástico con su foto, y luego ya los deja entrar. Parece que a los humanos les gusta acumular y exhibir estos rectángulos. Y no me extraña, ya que otorgan un gran poder.

Rectángulo con misteriosa cara de humano → [NOMBRE A. Humano] ← Talismán de gran potencia

Hyrrokkin trabaja como paseadora de perros, es decir, que los humanos que tienen perros le pagan para que ella los pasee. Esto me parece muy injusto. ¡Yo paseo gratis al nuestro!

En el paseo con Fido, Thor estaba inquieto. No paraba de mirar a un lado y a otro.

—¿Qué te pasa ahora? —le pregunté.

—Estamos en cuerpos mortales, no se nos permite usar nuestros poderes... Así que me estoy preparando para el ataque de un gigante de hielo. Es inevitable que vengan por nosotros cuando más débiles estemos —apretó los puños.

¡Tengo que estar preparado!

Suspiré profundamente. Thor está obsesionado con los gigantes de hielo. Bueno, con los gigantes en general, pero en particular con la variedad glacial. No le preocupa Hyrrokkin, aunque es una giganta, porque es amiga de los dioses y ha demostrado su lealtad en repetidas ocasiones. Lo que, ahora que lo pienso, hace que me guste menos todavía.

A ver, cuando nosotros los dioses hablamos de gigantes, no nos referimos a gente tan grande como para arrancar árboles o edificios de raíz. A veces los gigantes ni siquiera son tan grandes. Tal vez esto es muy difícil de entender para sus minúsculas mentes mortales, pero es así.

Por ejemplo, Hyrrokkin en su forma original es más grande que la mayoría de los dioses, pero aun así no tiene que agacharse para pasar por las puertas del palacio de Asgard.

Además, los gigantes pueden cambiar de forma, así que la mitad de las veces no parecen ni humanos. A Hyrrokkin le gusta mucho convertirse en cisne y darse un bañito.

Yo debería saber sobre los cambios de forma. Yo soy (al menos) medio gigante, por lo que puedo cambiar de forma superbién. Aunque, por desgracia, no soy tan fuerte como un gigante.

Oficialmente, nadie sabe cómo comenzó la enemistad entre dioses y gigantes, menos Odín, claro. Creo que tuvo algo que ver con que él matara al primer gigante y usara su cuerpo para crear la Tierra. Aunque Odín no admitiría esto en su vida.

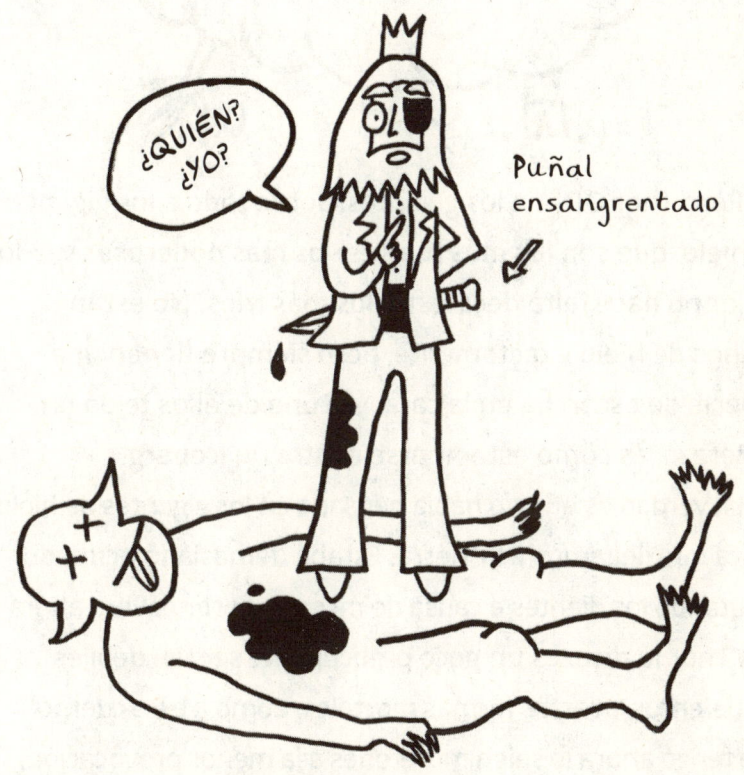

Así que todos estamos de acuerdo con la idea de que el odio que tienen los gigantes hacia nosotros es un gran misterio.

A mí personalmente me encanta el rollo de gigantes contra dioses. Las enemistades, así tan intensas, hacen que la eternidad sea interesante.

Pero Thor ODIA a los gigantes. Sobre todo a los gigantes de hielo, que son los más fuertes, los más poderosos y (a lo mejor no hace falta decir esto) los más fríos. No están hechos de hielo exactamente, pero siempre tienen una especie de escarcha en la cara, y si uno de ellos te da un puñetazo, es como estamparse contra un iceberg.

La verdad es que no había pensado en los gigantes de hielo hasta que llegamos a la Tierra. Estaba demasiado ocupado apretando los dientes a causa de mi cruel destino. Pero ahora que Thor lo dice, es un poco preocupante ser tan débiles e indefensos en estas formas mortales. Como a este cuerpo que tengo ahora le salen moretones a la menor provocación, debería intentar evitar sobre todo la violencia.

Pero no me gusta mostrar miedo delante de Thor, así que decidí burlarme de él y de su paranoia sobre los gigantes.

—Oh, no. Tengo mucho miedo —dije.

No nos hablamos más el resto del paseo.

Sin embargo, me soltó un fuerte puñetazo en el brazo.

Luego, por si fuera poco lo del brazo, además tenía que ir a la escuela. El día transcurrió más o menos así:

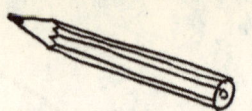

ASAMBLEA. Nos sentamos en un suelo frío e incómodo para que nos hablaran unos profesores muy aburridos. No escuché, así que no sabría decirles qué nos dijeron.

INGLÉS. Tuvimos que leer un poema y explicar su significado. Le dije a la profesora que era un disparate total. Los poemas deben hablar sobre guerras, o sobre combates épicos cuerpo a cuerpo, o (mi género favorito) sobre insultos a tus enemigos mortales. Este poema hablaba de narcisos, nubes y los sentimientos del poeta. ¡Qué falta de acción! La maestra me mandó al rincón para que pensara en mi comportamiento. Esto solo demuestra que los mortales no saben aceptar la crítica literaria.

RECREO. Nos sacaron en tropel al deprimente corral de cemento gris que hacía las veces de patio, donde se suponía que nos íbamos a divertir muchísimo. Rápidamente, Thor empezó a jugar a la pelota con unos chicos, mientras yo me quedé a un lado, observando estratégicamente, no excluido ni ignorado, ni nada de eso.

! Tú y yo sabemos que eso es mentira, Loki...

MÚSICA. Para alguien acostumbrado a las gloriosas melodías de Asgard, esto fue un golpetazo tremendo. Si nunca has escuchado unos instrumentos que se llaman xilófonos, tocados por una clase de niños mortales sin talento alguno, eres un alma afortunada.

FRANCÉS. Un idioma de los mortales que creo que solo usan para hablar de vacaciones, comida y boletos de tren. Me da igual, para mí es inútil, porque puedo entender todos los idiomas de la Tierra sin pensarlo siquiera.

Después del almuerzo, que cada día era un poco más asqueroso que el anterior, teníamos una hora de un ritual de dolor y humillación absolutos. El nombre oficial para esto era «Educación Física», pero yo sabía la verdad. El maestro era un sádico que quería que todos experimentáramos la debilidad y la vergüenza. Me di cuenta de que los cuerpos mortales, cuando se sobrecalientan, sueltan un líquido apestoso y salado. Qué asco. Loki NO suda.

Pero, por lo visto, «Liam» sí. ¡Qué vergüenza! ¡Qué humedad! ¡Qué hedor!

Mientras tanto, Thor (también llamado Thomas) andaba de presumido. Todo el mundo le hacía la barba, como los insignificantes plebeyos mortales que son.

HISTORIA. En realidad, esto es bastante interesante. Abarca sobre todo cosas que ocurrieron desde la última vez que estuve en la Tierra, que fue hace unos 1 000 años, un siglo más o uno menos. Al parecer, a los mortales les gusta UN MONTÓN pelearse e invadir y robarse cosas entre ellos, mientras fingen que es por su propio bien. Esto se llama colonialismo, ¡y hasta para un embustero como yo es retorcido! Y no podrás creer esto: se puede visitar algo así como unas escenas del crimen especiales, donde están todas las cosas robadas. Se llaman museos. Tengo que pedirles a mis padres falsos que me lleven a uno, porque sinceramente parece mentira que les guste presumir así de lo robado. Cuando yo robo cosas, ¡por lo menos disimulo!

Por fin, después de lo que parecieron nueve millones de años, llegó la hora de irnos a casa. A la salida, vi por el rabillo del ojo a la chica de las trenzas. Me detuve para observar cómo dos chicos grandes se acercaban a ella. Tenían una mirada temible, como la de Thor aquella vez que le escondí el martillo.

La chica se mordía el labio y temblaba como una silla debilucha bajo el peso de Thor.

Aunque suelo disfrutar de la crueldad, me sentí un poco decepcionado de estos chicos. Sus insultos no eran ni inteligentes ni graciosos. Mientras yo hacía chasquidos con la lengua en señal de desaprobación, Thor se acercó a ellos.

Disimular no es lo suyo.

Thor apretó sus enormes puños y dio un paso adelante. Se acercó. No es tan alto, pero sabe amenazar a la gente, incluso a la que es más alta que él. Fue como si tuviera una sombra más grande que la del resto de los mortales. Hubo un leve estallido de rayo a su alrededor. Parece ser que el que ÉL casi revelara sus poderes divinos no iba contra las normas. Un mimado es lo que es.

Chico Violento 1 retrocedió. Chico Violento 2 se puso detrás de él.

Paso. Vámonos. Me aburro.

No estaba aburrido. Estaba a punto de hacerse pipí en los pantalones, del miedo que tenía. Como yo ya se lo había provocado a uno que otro mortal, me conozco todos los signos (y los olores).

Cuando los dos chicos se alejaron, Thor vino hacia mí. Valerie se acercó. Parecía avergonzada. Me preparé. Iba a hacerle ojitos a Thor, ¿verdad? A medio camino entre los ojos de una vaca y los de un cachorro. También ponen siempre una VOCECITA entre melosa y triste.

Pero Valerie no lo hizo.

Inclinó la cabeza. Parecía estar tanteándolo.

¿Cómo hiciste eso?

Su voz era más desconfiada que dulce.

—¿Qué? —respondió Thor.
—¿Cómo hiciste que se fueran?
—Soy muy fuerte y musculoso, y, claro, se asustaron —contestó Thor.

Normalmente no tenía que dar explicaciones. ¡Era el poderoso Thor! ¡Todos temblaban ante sus puños! O bien los mandaba muy lejos de un golpe.

Pero nadie sabía que él era Thor ni que era poderoso.

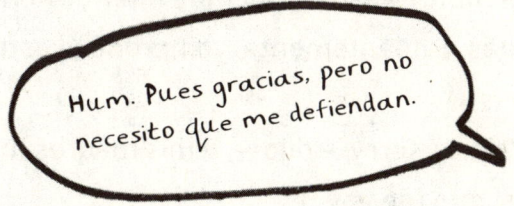

Hum. Pues gracias, pero no necesito que me defiendan.

Había algo en toda esta situación que me fascinaba.

—¿Por qué no los insultaste tú a ellos? —le pregunté.

—No quería darles la satisfacción de rebajarme a su nivel —contestó Valerie, cruzando los brazos—. Mis madres dicen que es la mejor manera de reaccionar ante los abusones. Con el tiempo, se aburrirán. Prefiero montar a caballo y olvidarme de ellos.

Thor frunció la nariz.

—Pero la mejor forma de reaccionar a los abusones es golpearlos con un...

—Golpearlos con una mezcla de insultos bien creativos —concluí, dándole un codazo en la panza antes de que dijera «martillo mágico». De verdad, ¡con qué zoquete inmortal me tocó lidiar!

—No, nada de eso —rechazó Valerie mientras sacudía la cabeza.

Parecía que todavía sospechaba de nosotros, así que pensé que debía insistir en mi falsa identidad de mortal.

—Soy Liam Smith y este es mi muy inferior hermano gemelo, Thomas. Evidentemente, yo heredé el estilo y la inteligencia.

—Yo soy Valerie Kerry —dijo—, y mis madres me están esperando, así que me voy.

Valerie se alejó a prisa, lanzándonos una última mirada sospechosa.

Qué mortal más extraña.

Me di cuenta de que Thor estaba molesto de que no le hubiera hecho ojitos. Yo sonreí.

A mí me cae bien.

Cuando salimos de la escuela, se me acercó una gata y se restregó contra mis piernas. Me gustan los gatos. Al contrario que los perros, no son lambiscones. Solo muestran cariño cuando quieren. Obviamente, quiso darme cariño porque soy el mejor. Además, esta gata me dio la oportunidad perfecta para reírme de Thor en su cara, por su ansiedad de la mañana.

—¡Ayuda! —le dije a Thor—. Me está atacando un gigante de hielo.

—Cállate —gruñó Thor—. No bromees con cosas serias.

—Lo digo en serio —respondió mientras la gata apretaba su cara contra mi mano para que la acariciara—. Me está ronroneando hasta la muerte. ¡Me está maltratando con su suave pelaje! ¡Me muero! ¡Mira cómo me aniquila! —añadí mientras la criatura me lamía la mano, ronroneando aún más fuerte.

Thor dio la vuelta y se fue resoplando de la escuela. Yo me quedé un ratito acariciando a la gata. ¡Parecía que yo le gustaba de verdad! Es decir, claro que yo le caía bien. Soy maravilloso y fantástico. Es una lástima que solo esta gata parezca percatarse de ello.

Día cuatro:

Sábado

PUNTOS DE VIRTUD DE LOKI (O PVL):

-3 100

Estable, pero no avanza.

Hoy es sábado, lo que en el reino humano se traduce en que no hay clases. Esto debería ser motivo de celebración y placer, pero Hyrrokkin decretó que tenemos que salir a dar un «agradable y sano paseo». Esto lo decidió porque «sentía que mi forma mortal se estaba atrofiando» y porque «mi muerte se acercaba minuto a minuto», pero también porque, «si me quedo un segundo más encerrada en la casa con Loki, puede que lo mate con mis propias manos».

    Me hizo levantarme de la cama nada más salir el sol y me ordenó que me pusiera varios pares de calcetines, ¡cosa que me negué a hacer! ¡Yo soy Loki! ¡Yo me pongo lo que me da la gana!

Tras otro triste desayuno mortal, nos subimos todos a un extraño carruaje que quemaba unos gases tóxicos para poder moverse hacia adelante.

Coche: vehículo mortal, ejemplo perfecto de la incapacidad humana de ver más allá. Los coches queman gases tóxicos para avanzar, lo que llena el aire de una repugnante pestilencia que poco a poco va matando el planeta. Y aun así les gustan porque «son geniales» y hacen «rum rrrum rrrrrrum».

Hyrrokkin dirigía el vehículo usando algún tipo de brujería ejercida a través de un talismán con forma de rueda. Íbamos por calles abarrotadas de vehículos similares, hasta que llegamos a las afueras de la ciudad. Thor y yo teníamos que sentarnos detrás, atados a las sillas y con Fido babeándome en el hombro, mientras Heimdall nos hacía escuchar una cosa llamada *playlist*, que resultó ser una lista de canciones que él mismo había escogido. Es cierto que algunos dioses tienen buen gusto musical. De hecho, incluso tenemos un dios DE LA música. Pero está claro que Heimdall NO es uno de ellos.

Para cuando llegamos a nuestro destino, mis orejas querían salírseme de la cabeza y esconderse lejos.

El paseo en sí fue una marcha forzada a través de campos enlodados, con Hyrrokkin gritando las indicaciones, y Heimdall negando todas las direcciones, mientras los dos intentaban leer un mapa mortal. Por lo visto, pelearse es algo habitual entre parejas de mortales, y Heimdall nos explicó que es importante parecer humanos normales. Pero allí no había nadie para presenciar dicha escena, así que no estoy seguro de que tuvieran que comprometerse así, con TANTÍSIMOS gritos.

Thor se la estaba pasando fenomenal, como pez en el agua, ignorando sus pleitos, parándose para jugar en el lodo y escalar árboles, y en general alardeando de su destreza física ante las vacas y los conejos de alrededor. Les juro que le hacían ojitos... ¡hasta los conejos! ¡Hasta las vacas!

Mientras tanto, mis falsos padres seguían a la greña, y yo tenía los pies mojados, y me estaba planteando matarlos a todos. Pero entonces ¿cómo llegaría a casa? No sabía cómo dirigir el vehículo mágico.

Además, matar a mi falsa familia me haría (supongo) perder puntos.

Supones bien. !

Finalmente, muchas horas después, volvimos al vehículo. Aunque todavía estábamos vivos, nadie hablaba, y a mí me salieron unas llagas horribles en los pies, que al parecer son una aflicción mortal llamadas ampollas. Ninguno de los demás tenía ampollas porque llevaban dos pares de calcetines. Me arrepiento de cosas.

Cuando llegamos a casa, vi a Valerie merodeando por los alrededores. Creo que nos espía. ¡Retiro lo de que me cae bien! Me huele a problemas... y a un ligero *eau* de caballo. No me gusta. (Los problemas, quiero decir. Con los caballos, todo bien. De hecho, una vez fui un caballo. Una yegua, si nos ponemos quisquillosos. Una larga historia con un albañil sospechoso, en la que casi pierdo el sol, la luna y a la diosa Freyja. Recuérdame que te lo cuente cuando no me estén espiando).

Me da miedo que, si Valerie me observa demasiado de cerca, pueda adivinar mi verdadera naturaleza de dios —que seguramente es evidente para cualquiera que lleve contemplando mi grandeza el rato necesario— ¡y fallaría mi misión! ¡Y me convertiría en el primer habitante de Villaserpiente! O el segundo, contando a la serpiente.

Día cinco:
Domingo

> **PUNTOS DE VIRTUD DE LOKI (O PVL):**
>
> # -3 100
>
> Haré como si no hubiera oído lo de planear matar a tu familia, porque lo retiraste rápidamente.

Valerie seguía al acecho cuando Thor y yo salimos a un terreno baldío, llamado parque. Estaba sentada en una silla que se movía, de nombre columpio, y parecía que estaba tomando notas mientras me miraba. Aquello, desde luego, no me gustó nada.

«Me pregunto si puedo tramar la muerte de Valerie de forma segura», pensé.

—Oye, Odín —dije, usando la orden que me habían enseñado para llamar la atención del Padre de Todo. Lo dije muy bajito para que ninguno de los de alrededor lo escuchara, pero Odín lo oye todo, hasta cuando lo insultas en voz baja, como aliento de caca o cara apestosa.

—¡Oye, Odín! —murmuré—. ¿Qué te parece? ¿Puedo planear la muerte de un mortal si se lo merece por haberme espiado, y aun así no perder puntos? Al fin y al cabo, no solo impediría que le contara mis secretos a todo el mundo, sino que yo podría demostrar MUCHÍSIMA mejora moral si empezara por matar a alguien; ¡de ahí solo se puede ir hacia arriba! ¡Dos pájaros de un tiro!

En cuanto dije esto, se me acercó corriendo una ardilla. Thor estaba rodeado de admiradores, muy impresionados por su habilidad para mover una pelota con los pies. Pero yo estaba ahí, con aire de superioridad, solo (claramente por elección propia, y no porque nadie quisiera pasar su tiempo libre conmigo).

> ! **Creo que hasta TÚ sabes que estás mintiendo, Loki.**

Deja de interrumpir, ¡es de mala educación!

> ! **Yo me limito a hacer mi trabajo.**

¡Ajá, está bien! Bueno, ¿por dónde iba? Ah, sí, entonces la ardilla saltó a un banco y me miró a los ojos.

Vi a Valerie Kerry mirándome desde el otro lado del parque mientras yo hablaba con la ardilla. Me di cuenta de que para ella podía resultar extraño, así que hice aparecer una bellota en mi bolsillo y se la di a Ratatosk, que se la comió con voracidad, y luego se fue a toda mecha, probablemente con Odín.

Entonces... no la mataré. Pero deberé tener cuidado cuando esté cerca de ella.

Día seis:

Lunes

PUNTOS DE VIRTUD DE LOKI (O PVL):

-3 150

50 puntos menos por tramar la muerte de una mortal.

¡No puedo creer que mis puntos sigan bajando! ¡Ni siquiera tramé su muerte! ¡Solo pensé si podía tramarla!

> **!** Si no te gusta esta misión, estás invitado a empezar ahora mismo tu eternidad con la serpiente venenosa. Además, ya te lo advertí: tramar muertes = mal, y da igual que las víctimas sean mortales o dioses.

¡ESTÁ BIEN, ESTÁ BIEN! Acepto el sistema de puntuación. Pero tampoco me tiene que gustar.

Hablando de puntuación, hoy en la escuela tuvimos una cosa que se llama examen. No me sabía las respuestas, y a la maestra no le gustó mi creatividad al inventármelas.

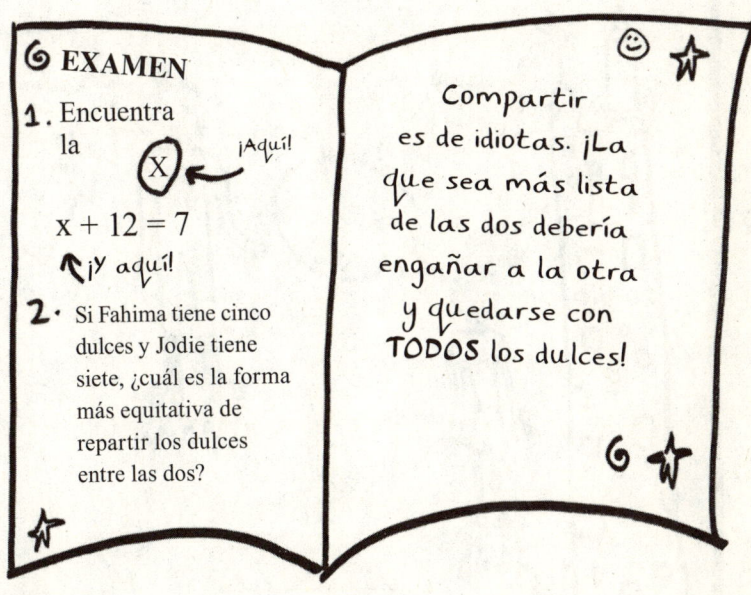

En clase de Artes Plásticas hice un dibujo del profesor y se enojó, y me parece muy infantil de su parte. Si una clase de Artes Plásticas no está hecha para inspirar a los niños a crear arte, entonces ¿para qué sirve?

Había otras clases. Pero no hablemos de ellas porque, si las vuelvo a contar, se me pudriría el alma del soberano aburrimiento. Me siento triste y débil solo de pensar en los veinte minutos que tuve que pasar en esa cruel tortura llamada «locuciones adverbiales». Consistía en aprender unas reglas completamente inventadas sobre dónde colocar unas palabras, ¡para un idioma que seguramente no existirá la próxima vez que visite la Tierra dentro de otros mil años!

Para rematar el día (y, de paso, hacerme desear que llegara el fin de los tiempos) tuvimos Educación Física. Thor presumía sin pena alguna. Aunque no llegó a revelar sus poderes, ejecutó unas proezas que superaban las capacidades medias de cualquier niño humano.

Todo el mundo le hizo ojitos. Me dieron ganas de vomitar.

Con la suerte que tengo, si hubiera vomitado encima de Thor, Odín de seguro me habría quitado puntos.

Cuando el profe preguntó si algún equipo deportivo profesional le había propuesto a Thor participar en sus divisiones juveniles, emití un sonido de repugnancia absoluta. No podía dejar que esto quedara así. Tenía que impedir que todo el mundo le hiciera la barba. Me excusé para ir al baño, y luego usé «en privado» mis poderes para transformarme en esa criatura tan querida por los humanos: un perro.

Luego, ese perro (ese perro común y corriente, que claramente no era un dios revelando sus poderes a la humanidad, sino un fiel sabueso terrestre que menea la cola y babea), corrió hacia la cancha del gimnasio, pasando como un rayo por delante de Thor y atrayendo la atención de todos los niños. El estrellato de Thor cesó. Ahora el protagonista era el perro.

Enseguida me estaban persiguiendo todos... No a mí. Al perro. Y todos gritaban que de dónde podía haber salido, no yo, sino el perro. El perro dejó un regalito en el suelo para que lo pisara Thor. Para mi desgracia, Thor lo saltó por encima. Pero no el profesor, que resbaló con la caca y cayó de sentón, dándose un golpazo tremendo y gritando de dolor.

No mucho después llegó una cosa llamada ambulancia. Conseguí esconderme en un arbusto y transformarme de nuevo en mortal.

—¿Qué pasó? —pregunté con una voz inocente—. Estaba en el baño.

—¡El profe se resbaló con una caca de perro! —dijo un chico pequeño y delgado—. Es lo mejor que he visto en mi vida.

—¿Ahora mismo? —pregunté haciéndome aún más el inocente.

Sentí unos potentes dedos agarrándome del cuello. Unos dedos gruesos, como los de Thor.

—No puedes usar tus poderes —me echó bronca mientras me alejaba a la fuerza de la acción. Al profe se lo llevaron en camilla a la ambulancia, y a mí me habría encantado conseguir un sitio mejor para ver todo aquel caos tan magnífico.

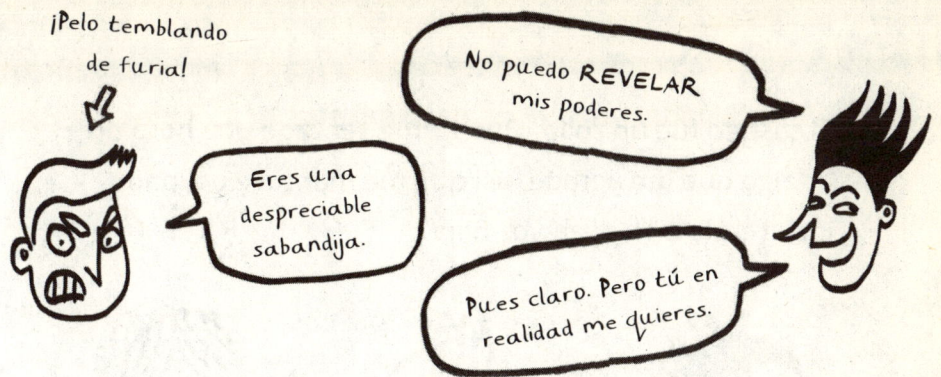

Me permití un momentito de regocijo personal por un trabajo tan bien hecho.

Pero tuve que parar cuando llamaron a toda la clase para que entráramos a la escuela para regañarnos por «haber dejado entrar a un perro peligroso». Si alguien no confesaba, ¡castigarían a todo el colegio!

No me callé por cobardía. Simplemente, yo NO dejé entrar a ningún perro. El perro era yo mismo. Ergo, yo no soy culpable.

¿Perdón?   !

El castigo fue un rollo. Quedarme sentado una hora no es algo que me agrade, así que me mantuve ocupado insultando a Thor en voz baja.

Cuando nos fuimos, una vez terminado el castigo, la gata de la escuela salió y se restregó contra mis tobillos. Empezó a ronronear. Me sorprendió, porque yo acababa de haber sido un perro, aunque puede que ya no oliera.

—Odio a los gatos —gruñó Thor.

—¡Pero si tu tía Freyja conduce una cuadriga tirada por gatos! —le recordé—. Te lleva en ella todo el rato.

—Sí, y apestan —contestó Thor algo tristón—. Aunque extraño mi casa. Incluso a los apestosos gatos de mi tía. Todo esto es culpa tuya.

—No puedes echarme a mí la culpa de que los gatos apesten —dije—. No soy yo quien les da de comer sardinas en escabeche.

—Ya sabes que no me refería a eso —dijo Thor—. ¿Por qué siempre tienes que tergiversar lo que digo?

—Porque al loco de Loki le gusta —solté.

—Pues Loki va a estar castigado para toda la eternidad con veneno de serpiente —reviró Thor. Se animó un poco después de decirme mis verdades.

Esa tarde, cuando volví a mi terrible y aburrida casa, Heimdall e Hyrrokkin me estaban esperando.

En cuanto entré por la puerta, Hyrrokkin me tendió la mano.

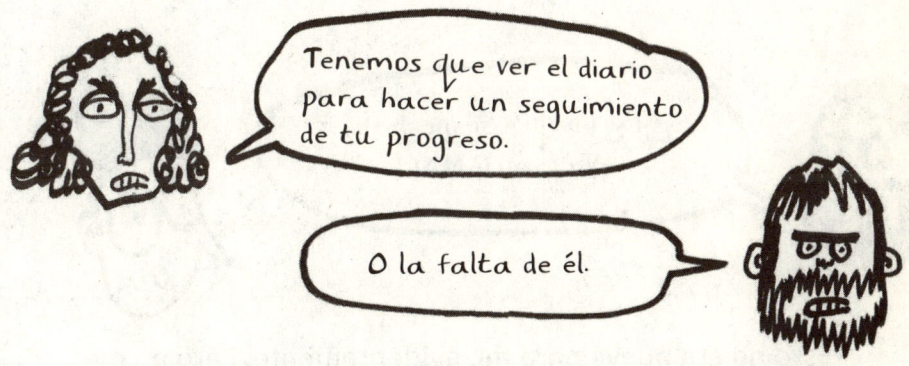

Tenemos que ver el diario para hacer un seguimiento de tu progreso.

O la falta de él.

Heimdall me odia un poquito más que el resto de los dioses, aunque rara vez ha sido objeto de mis bromitas. Creo que es porque no tiene ningún sentido del humor.

> **Corrección:** es porque Heimdall cree en el orden y en la justicia, y tú eres un agente del caos y la destrucción. Además, la última vez que le hiciste una «bromita», perdiste a su hámster, el señor Tibbles.

Este diario es una lata. La realidad suele estropear unas historias por lo demás estupendas, ¿no te parece? A mí me gusta más mi versión, en la que Heimdall es un aguafiestas aburrido, y yo no soy el culpable.

Hyrrokkin me quitó el diario para echarle un vistazo con el ceño fruncido. Luego se lo pasó a Heimdall.

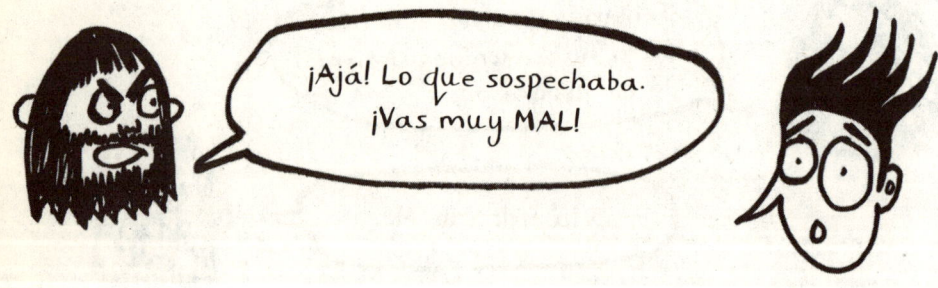

Esto no era nuevo para mí, evidentemente. Pero no me gustó que me lo restregara en la cara.

—Te recomiendo que empieces a hacer algún acto bondadoso —dijo Hyrrokkin—. Y hazlo rápido.

—O serás sometido a una eternidad de serpientes —interrumpió Heimdall—. ¡Después de lo que le hiciste al señor Tibbles, lo tienes muy merecido!

Hyrrokkin suspiró.

—Heimdall, Odín nos asignó la tarea de ayudar a Loki en esta misión. ¿Podrías al menos fingir que lo obedeces? Ya sabes que a mí tampoco me importa mucho; Odín ni siquiera es MI rey, pero ¿podrías quizás intentar ayudar un poquito más a Loki?

—Sí, eso. Pensaba que te GUSTABA recibir órdenes del jefe jefazo —señalé.

—¡Silencio! —rugió Heimdall. Pero luego suspiró y dijo—: Supongo que podría darte unas cuantas pistas que te sirvan de ayuda. Si quieres mejorar tu puntuación, intenta hacer algo bueno por alguien. Algo de provecho. Algo que no te beneficie directamente a ti, sino que sea ventajoso para otra persona.

—¡Señor, sí, señor! —hice el saludo más sarcástico que pude.

Heimdall refunfuñó.

—Vete y piensa en cómo mejorar, anda.

Me fui a mi habitación, escribí en este diario y dibujé un retrato de Heimdall:

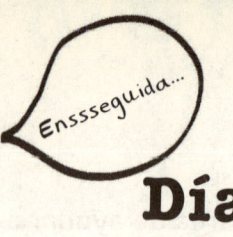

Día siete:

Martes

PUNTOS DE VIRTUD DE LOKI (O PVL):

-3 250

Pierdes 100 puntos por hacer que un profesor acabe en el hospital y por propagar el sufrimiento por toda la escuela mediante un castigo.

Okey, me tomaré en serio todo esto de «ser bueno». No soy un cobarde, pero admito sin reservas que me da un poquito de cosa la condena eterna y el veneno de serpiente.

> **!** Corrección: sí eres un cobarde. Has huido de docenas de batallas gritando: «Por favor, no me pegues. ¡En la cara no!».

Lo que tú digas. En todo caso, no es solo la parte de las serpientes y la tortura. Yo no puedo quedarme más tiempo en este lugar pequeño y triste. ¡Tengo que volver a Asgard!

La vida allí no era perfecta, pero ¡era GRANDIOSA! Aquí todo es pequeño e insignificante.

Extraño los banquetes de Asgard. Extraño los bailes, los bonitos jardines y las ropas lujosas. Tenía una bata suavecita y ponérmela era como estar acurrucado entre un montón de cachorritos. Incluso extraño a la gente. Por supuesto, no confiaban en mí, y una vez me castigaron cosiéndome la boca. Pero ¡estoy trabajando en ello! ¡Acabarían queriéndome en algún momento! ¡Solo necesitaba algo más de tiempo!

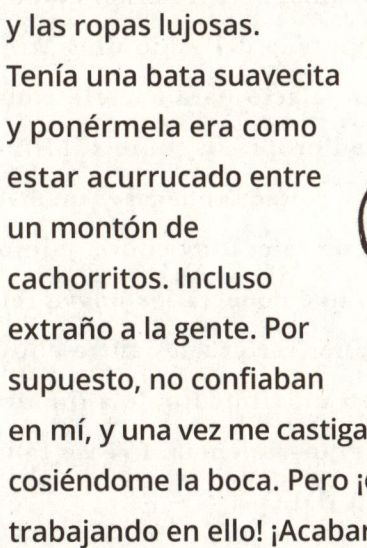

> Hum... Lo dudo. !

Cállate, diario. En fin, tengo que conseguir subir mi puntuación para poder salir de aquí y volver allá. Descubrí que los humanos se enteran a través de internet de cómo hacer cosas.

Guía rápida para la vida mortal en el siglo XXI

Internet: imagínate internet como si fuera la cabeza amputada del sabio dios Mímir, que Odín tiene en su palacio para hacerle consultas, solo que sin voluntad propia, y como si Mímir hubiera empezado a soltar sandeces y mentiras. Internet es una red de raíces invisibles, como las del árbol de la vida, que conecta los nueve reinos. Permite a los humanos ser crueles entre ellos a distancia, ver fotos en movimiento de animales y jugar juegos de gran violencia. (Véase también: JUEGOS, VIDEO-)

Intenté buscar ayuda en internet esta mañana después del desayuno. Heimdall tiene una computadora que usa para investigar las costumbres de los mortales, y me deja usarla cuando no la necesita.

! **Corrección:** la usaste a escondidas cuando él no estaba mirando.

Es culpa suya, por no haber entendido el concepto de contraseña. Como decía, me puse a investigar...

| CÓMO SER UNA BUENA PERSONA | Buscar |

Una de las primeras cosas que me salió en la computadora fue «escucha a tu propia conciencia, esa voz interior que te dice qué es lo correcto».

Yo creo que no tengo una conciencia. Cuando escucho una voz dentro de mí que me dice lo correcto, lo único que oigo es...

Por eso decidí que quizás era mejor preguntarle a gente a la que ya se considera «buena».

Primero fui a ver a Thor. Estaba ocupado ordenando su colección de martillos. Su preferido, Mjölnir, tenía un lugar de honor.

El caso es que le pregunté qué creía él que era ser una buena persona.

Luego le pregunté a Heimdall e Hyrrokkin:

Le pregunté a los profes de la escuela:

Con todo esto en mente, escribí una lista de cosas para intentar:

Ser valiente.
Ser humilde.
Ser sincero.
Ayudar.
Dejar pasar primero a los demás.

Lo primero que intenté fue ser sincero. Aunque disfruto mintiendo, al parecer se me da muy bien decir la verdad.

Luego me largué, orgulloso por lo bien que lo había hecho. Podía escucharlo gritarme mientras me alejaba. Sin duda estaba elogiando mi nombre y mi bondad.

En clase de Matemáticas, dejé que los demás pasaran primero. La maestra preguntó a quién le gustaría pasar al pizarrón y escribir la solución de unas sumas bastante difíciles. Levanté la mano.

—Jamal quiere pasar primero —dije, señalando a un chico que estaba muy nervioso—. Tiene muchas ganas ¡y yo puedo esperar de buena gana! Porque así de buena persona soy.

Lo siguiente fue ayudar.

Empecé por una de mis compañeras de clase, una chica que se llama Laura, con una letra más propia de alguien de cuatro años que escribe en el lodo con un palo. Le informé sobre este aspecto, por si acaso no se había dado cuenta, dándole así la oportunidad de mejorar, ¡lo que me parece de gran ayuda!

La chica se puso a llorar y tuvo que abandonar la clase.

Pensé que quizá necesito practicar lo de ayudar antes de dominarlo. ¡Pero soy un dios! ¡Puedo hacer de todo!

Después le comenté unas cosillas a la profe sobre la clase de Ciencias.

Esta no lloró, o sea, que voy progresando. Eso sí, se excusó para ir al baño, donde estuvo un buen rato, dejándonos con el profesor sustituto, pero seguramente fue porque tenía que hacer caca.

A la hora de salida intenté de nuevo ser amable y ayudar. Hay una chica en mi clase que todavía se chupa el dedo, así que fui a ver a sus padres a la puerta de la escuela.

—Quería decirles que están fracasando como padres —dije con mi voz más dulce y amable—. Su hija no debería estar todavía chupándose el dedo. ¿Quizá no la quieren lo suficiente, o quizá la quieren DEMASIADO y no es capaz de crecer porque la tienen muy consentida? De todos modos, ¡espero que mis comentarios les ayuden!

Los padres se quedaron mirándome fijamente mientras yo me iba con la sensación de que aquello había ido bastante bien. ¡Ni una lágrima, oye!

Día ocho:

Miércoles

PUNTOS DE VIRTUD DE LOKI (O PVL):

-3 300

Pierdes 50 puntos por ser cruel con profesores, alumnos y padres.

> **!** Nota: durante el día anterior, Asgard fue testigo de un aumento en los rezos en el área alrededor de la escuela de Loki. Muchos de ellos eran plegarias para que el nuevo chico sufriera un desafortunado accidente. Esto afecta negativamente a los progresos de Loki.

BAH. Ya intenté ser bueno de muchas maneras y no funcionó ninguna. ¿¿¿Qué es lo que QUIERE Odín de mí???

    Da igual. Basta ya de pensar en lo que Odín quiere. Yo sé lo que quiero: un celular.

Guía rápida para la vida mortal en el siglo XXI

Celular: un dispositivo portátil que contiene la totalidad del saber humano. Se conecta a internet, lugar tanto de rabia como de júbilo, y de muchas mentiras.
(Véase también: INTERNET)

Vi a los profesores regalándolos al final de clases. Cuando intenté acercarme al grupo de niños alrededor de la mesa del profe para tomar uno para mí, me acusaron de robar. ¡A mí! ¡A Loki! Intolerable. Yo soy un tramposo, pero no un ladrón. Bueno..., hoy no.

Antes de clases, le pregunté a Hyrrokkin y a Heimdall si podía tener un celular. Me dijeron que no.

—Ah —dije—, pero ¿cómo puedes fiarte de mí SIN uno? Si me dan un celular, podrán ponerse en contacto conmigo en cualquier momento. Y, al fin y al cabo, ¿qué daño puedo hacer con un simple dispositivo de comunicación? Es solamente una herramienta que permite transmitir mensajes a distancia, como un cuervo, pero sin que haga caca.

Heimdall dijo que tampoco se fiaba de mí con un cuervo, después de una vez en que puse pegamento en los hombros de Odín para que los cuervos se quedaran pegados cuando venían a susurrarle al oído.

PEGAMENTO

Por su parte, Heimdall cree que puede ayudarme a convertirme en mejor persona mediante la lectura de libros sobre cómo ser padre. Los extendió por toda la mesa, así que casi no tuve sitio para sentarme y comerme el asqueroso plato de fango café.

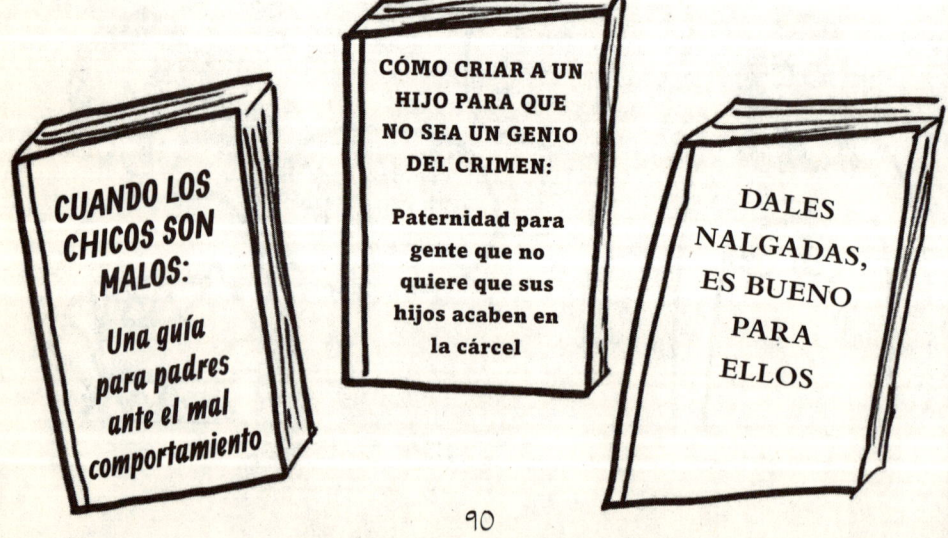

(Esos no son los títulos exactos, pero ¿quién tiene la energía mental suficiente como para recordar títulos de libros mientras la tortura eterna, con forma de serpiente, te intimida con la mirada?).

—Ya que tienes la forma de un chico mortal, tal vez pueda moldearte y guiarte como a uno —explicó Heimdall mientras se llevaba a la boca una cucharada de RICO TRIGO.

—También deberíamos hacer algo de deporte en familia —dijo Hyrrokkin—. Se supone que esto une a los humanos, y el ejercicio frenará el inevitable declive de estos frágiles cuerpos mortales. El boxeo me gusta bastante. Parece violento en su justa medida.

—¿Es ese en el que la pelota tiene forma de huevo y las reglas son más complejas que las proclamas místicas de las Nornas, hilanderas de todos nuestros destinos? —preguntó Heimdall.

—No, es en el que se dan puñetazos unos a otros, en la cara o en otras partes del cuerpo —respondió Hyrrokkin. Yo personalmente creo que darles puñetazos a estos frágiles cuerpos mortales acelerará su declive.

Aproveché la oportunidad para escabullirme y prepararme para la escuela antes de que me obligaran a practicar alguno de esos espantosos deportes humanos.

Hoy tuvimos una clase que se llama Teatro, que, para mi alegría, consistía en fingir ser otra persona. Teniendo en cuenta que soy una criatura que puede cambiar de forma, además de un amante de las mentiras y el engaño, mi experiencia aquí fue increíble.

De hecho, fue un buen día de escuela. Luego tuvimos Informática, que me encantó. Se suponía que debía usar la computadora para programar variables. Pero eso sonaba de flojera, así que busqué en internet nuevas palabrotas en idiomas de los mortales.

Lamentablemente, mi buen humor no duró mucho. Después de la escuela, volví a pedirles a Hyrrokkin y a Heimdall un teléfono para usar internet cuando quisiera.

Dijeron que no. Me fui a enfurruñarme a la habitación. Sobreentiendo que el enfurruñamiento es un poder que los niños mortales ejercen sobre sus padres.

Por desgracia, el libro de cómo ser padre de Heimdall aborda el enfurruñamiento, así que no se lo tragó, y me dejó que me enfurruñara todo el tiempo que yo quisiera. Y aquí estoy, tumbado en la cama, suspirando, sintiéndome solo y triste y, por cómo oigo a Thor relamiéndose los dedos en el piso de abajo, además estoy perdiéndome la ingesta de alimentos, también llamada cena.

Día nueve:

Jueves

> **PUNTOS DE VIRTUD DE LOKI (0 PVL):**
>
> # –3 300
>
> Mantiene posiciones.

¡Caray! ¿Cómo puede ser que a mí, que conozco la inmortalidad y he vivido durante eones, me pueda parecer tan largo un día mortal? Pues así es la escuela.

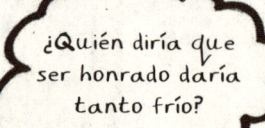

Como parte de mi objetivo para conseguir un celular, cuando POR FIN terminó la escuela, me deshice de Thor y me escondí en el parque cerca de casa hasta que anocheció. Estaba tiritando de frío y hambre, pero a veces uno tiene que sufrir por su causa.

Para cuando llegué como pude a casa, Heimdall e Hyrrokkin estaban a punto de llamar a Odín para que los ayudara a buscarme, y Thor estuvo muy cerca de darle una paliza a un hombre que vio afuera de casa porque pensaba que era un gigante de hielo que me había secuestrado. Hasta Fido me dio un lametón de bienvenida a casa.

La verdad es que me sentí conmovido, hasta que todos empezaron a gritarme; y luego Heimdall me dio un sermón de una hora sobre la responsabilidad personal. Tenía hasta gráficas y diagramas. ¿Se puede uno morir de aburrimiento? Me da miedo descubrirlo si eso vuelve a suceder...

Día diez:
Viernes

PUNTOS DE VIRTUD DE LOKI (O PVL):

-3 350

Pierdes 50 puntos por escaparte y preocupar a Heimdall e Hyrrokkin, y por exponer a Thor a que casi use la violencia física contra un inocente mortal.

Hoy, en clase de Historia, hablamos sobre el Imperio romano. A Thor y a mí no nos hacía falta ninguna clase, porque somos tan viejos que ya visitamos el reino de los mortales en aquella época.

GRRR

Bueno, tal vez a Thor sí le hacía falta, porque le preguntó a la profesora si el Imperio romano fue en el que se construyeron las pirámides; cosa que cualquier inmortal (o, de hecho, la mayoría de los niños mortales de once años) puede decirte que hicieron los antiguos egipcios.

La profesora estaba emocionadísima con mi superconocimiento sobre los romanos, y me preguntó si ya los había estudiado en mi escuela anterior. Le mentí estupendamente y dije que sí, que había leído un montón de libros sobre el tema. Me pidió que hablara de mi parte favorita de la vida romana y se quedó muy callada cuando empecé a describir con detalle las luchas de gladiadores. Justo cuando estaba contando cómo un león se comió a una persona viva y cómo la multitud se volvió loca cuando escupió su pie ensangrentado, la profesora me dijo que por favor parara porque algunos niños parecían muy alterados.

(Esto lo dije en mi cabeza, porque me daba la sensación de que, si decía algo más en voz alta, la profesora podría comerme como el león hizo con el gladiador).

Cuando llegué a casa después de la escuela, había un teléfono esperándome. ¡Los puntos perdidos merecieron la pena! ¡Hasta la regañada que me metió Heimdall lo valió!

—No lo tomes como una autorización para escaparte de nuevo. Pero supongo que DEBERÍAMOS tener una forma de contactar contigo cuando andes de vago —masculló Heimdall.

—Una paternidad muy responsable —dije con gesto serio. Luego tomé el teléfono y subí corriendo a mi habitación para jugar con él. (Solo para entender cómo se juega estuve varias horas. Hay que ver cómo se ha complicado la tecnología en los últimos mil años).

Pasé un par de horas estupendas con mi celular, incluso puse como tono de llamada la voz de Odín diciendo «PEDOS». Pero luego me cansé. ¿Cómo pueden pasarse los mortales la vida entera pegados a artilugios de este tipo?

Hum, a lo mejor veo UN último video de un mapache que se comporta como una persona...

Día once:
Sábado

PUNTOS DE VIRTUD DE LOKI (O PVL):

−3 400

Por usar la voz de Odín en vano y hacerle decir «PEDOS».

Tú sí que eres un pedo.

Al final me dormí hasta las dos de la mañana. Resultó que en internet había muchos, muchos más videos de mapaches que tenía que ver.

Pero, qué maravilla: los sábados no hay clases. Y, después del paseo obligatorio a Fido, no se interponía nada entre yo y lo que me diera la gana hacer.

Empecé por explorar internet un poco más en mi teléfono. Insulté a unas cuantas personas y solté unas cuantas mentiras. Como otros mortales lo usan para eso, me pareció un gesto educado hacer lo mismo, porque ¿quién soy yo para decirles que sus costumbres son inútiles?

MESSENGER

Loki: el carbón es comestible.

Loki: hueles mal.

Loki: el cambio climático no existe.

Luego decidí participar en otra costumbre humana: ir de compras.

> **Ir de compras:** un hábito que consiste en el intercambio de oro por bienes, pero a menudo significa simplemente caminar angustiosa y lentamente por un lugar con unos edificios llamados tiendas, mirando cosas para las que no te alcanza y que no compras.

No me llama la atención, pero, como decía, me entrego humildemente a las costumbres humanas. Así que fui al centro de la ciudad con Thor, que me acompañó para que yo no «robara, saqueara o hiciera cualquier otra cosa que sembrara el caos». Llegamos a una fila de edificios con fachadas de cristal, que debían ser aquellos lugares a los que llaman tiendas.

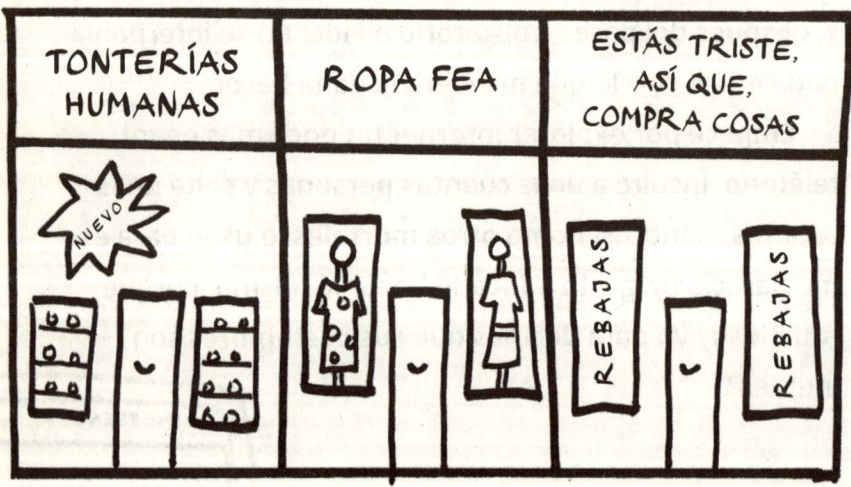

Nunca había estado en una tienda. La última vez que vine a la Tierra, los humanos se vendían cosas entre ellos en mercados al aire libre. Tengo muy buenos recuerdos de haber visto en uno de ellos a un oso bailarín, que después liberé. Pero estas tristes tiendecillas no tenían animales ni bailarines ni nada.

Entonces, vi algo por el rabillo del ojo. ¡Y más adelante se confirmaron mis sospechas!

¡Valerie nos estaba siguiendo! Aunque a Thor no le importó.

—Seguramente viene de compras, como nosotros —dijo Thor—. ¿Vamos a la ferretería? Quiero mirar unos martillos.

Sí, querido lector, estuve mirando martillos.

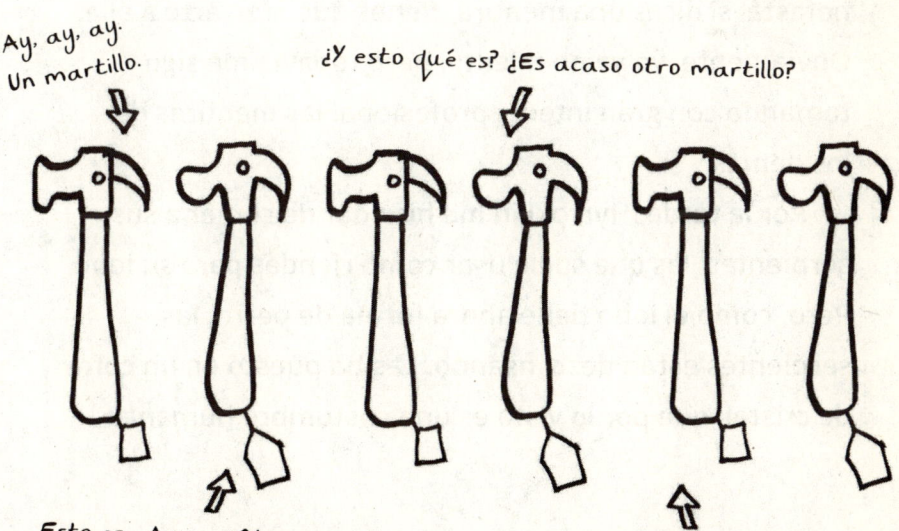

Ay, ay, ay. Un martillo.

¿Y esto qué es? ¿Es acaso otro martillo?

Esto es... A ver... ¿Otro martillo prácticamente igual que los demás en casi todos los sentidos?

¿Cómo puedo aguantar tanta emoción sin explotar?

Para no morirme del aburrimiento, empecé a pasearme por la tienda. Vi a Valerie, que nos observaba desde detrás de una estantería.

NO se llevó el pegmento para techos. Es una mentirosa nefasta: si dices una mentira, tienes que aferrarte a ella. Obviamente, yo ya no miento, pero todavía me sigo tomando con gran interés profesional las mentiras de los demás.

Por la tarde, Hyrrokkin me hizo dar de comer a sus serpientes; las que suele usar como riendas para su lobo. Pero, como el lobo tiene ahora forma de perro, las serpientes están descansando. Las ha puesto en un cofre de cristal, que por lo visto es una costumbre humana.

Le di encantado a las serpientes un par de ratones vivos. Creo que me lo agradecieron. Las serpientes, claro. A los ratones no les hizo mucha gracia.

Heimdall pasó el resto de la tarde leyendo sobre una guerra de los mortales que tuvo lugar desde la última vez que vinimos a la Tierra. El libro lo hizo enojar muchísimo.

Hyrrokkin sugirió que, como el libro le enojaba mucho, igual era mejor que lo leyera en otro momento, así que Heimdall pasó a uno de sus libros sobre paternidad. Para mí esto fue lo peor, porque el libro decía que los niños tienen que hacer tareas domésticas para aprender disciplina. ¿Qué definición de tareas domésticas da MI libro?

Tareas domésticas: labores inútiles e ingratas que hay que hacer regularmente, como cocinar y limpiar. La definición misma de futilidad.

Cuando éramos dioses nunca hacíamos tareas, porque Asgard se limpia solito y la comida aparece mágicamente en nuestras mesas cada vez que hay un banquete. O sea, todos los días.

Así que ahora me toca lavar los trastes, que significa limpiar platos grasientos y echarles un chorro de un líquido verde con un olor muy peculiar.

Thor no tiene que hacer tareas porque él no está aquí para mejorar moralmente. ¡Me parece fatal! Además, Heimdall me advirtió que me pusiera unos guantes especiales para lavar los trastes. No voy a hacer lo que me digan, así que no me puse los guantes. Y ahora mis manos parecen ciruelas secas y arrugadas. ¡ESTO ES HUMILLANTE!

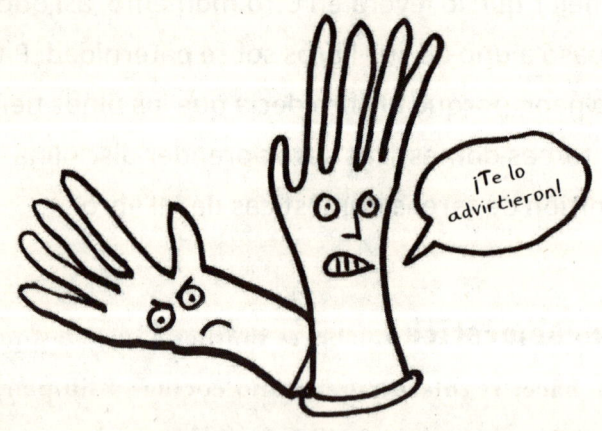

Día doce:
Domingo

PUNTOS DE VIRTUD DE LOKI (O PVL):

-3 500

Por hacer llorar a varios mortales con tus hirientes insultos en internet, incluidos varios adultos.

Por la mañana, durante el desayuno, le conté a Thor la conversación que tuve con Valerie ayer. Estaba de acuerdo en que QUIZÁ nos estaba siguiendo, aunque era obvio que estaba demasiado impresionado con los martillos y no se dio cuenta en el momento. Qué tonto.

—Tal vez los gigantes de hielo enviaron a una espía para que me siga —dedujo.

—Sí, claro, SIEMPRE son los gigantes de hielo —me reí de él—. Y SIEMPRE se trata de ti, ¿verdad?

—Mira, Loki —dijo sin molestarse en tragar y enseñándome el puré de cereales que tenía en la boca—. Puedes burlarte todo lo que quieras.

Pero son mis enemigos declarados, y tendría sentido que planearan un ataque cuando más vulnerable soy, es decir, mientras esté en este cuerpo mortal.

Thor está tan obsesionado con los gigantes de hielo que es su respuesta a todo..., pero hasta alguien con una única respuesta puede tener razón de vez en cuando.

Por suerte, conocía la manera perfecta para comprobar si esta era una de esas veces.

Escribí una afirmación en el libro.

¡VALERIE ES UNA ESPÍA GIGANTE DE HIELO!

Esperé un instante. Y luego...

> ! **Corrección: Valerie NO es una espía gigante de hielo. Es una chica humana. Y este diario no está pensado para que sea tu adivino personal. Esta te la paso, pero la próxima vez que intentes comprobar alguna verdad con el libro avisaré a Odín para que él mismo baje a «comentarlo» contigo. Y traerá a las serpientes.**

Je..., pues qué mal, la verdad. Desperdicié mi única oportunidad de usar el libro para comprobar una respuesta correcta a algo, ¡y justo cuando mañana tengo examen de Matemáticas!

Día trece:

Lunes

PUNTOS DE VIRTUD DE LOKI (O PVL):

-3 500

Se mantiene estable, pero se queda peligrosamente cerca de perder más puntos por hacer mal uso de este libro.

Escuela. OTRA VEZ. ¿Cómo pueden aguantar los niños tantos años? Los días aquí se hacen igual de largos que cuando el dios Balder lee poesía en los banquetes. Te encierran en una serie de salones, te hacen quedarte quieto en un sitio, te obligan a obedecer instrucciones. Es como estar en el ejército, solo que ni siquiera te puedes pelear con nadie. Puros inconvenientes, nada de pasársela bien.

¡SILENCIO, GUSANOS ASQUEROSOS!

A ver, técnicamente nunca estuve en un ejército. Pero vi a Thor luchar en un montón de batallas, mientras yo lo motivaba gritando insultos desde la barrera.

Uno no puede divertirse ni gritar en la escuela, o, mejor dicho, el que no puede gritar soy yo. Porque los profes gritan de lo lindo. Y, normalmente, ME gritan a mí. ¡Aunque acerté todas las respuestas del examen de Matemáticas!

(Bueno, copié todas las respuestas de Valerie, que se sentó delante de mí. Pero no es culpa mía que ella no tape las respuestas como debe).

Me está empezando a molestar muchísimo mi misión. Cuanto más bueno intento ser, ¡más puntos pierdo! Es que no lo entiendo.

Sin embargo, en toda vida brilla un poco el sol, incluso en oscuros tiempos de amargura y sufrimiento, y hasta en injustos sistemas de puntuación. Hoy cayó sobre la mía un sol de justicia. Porque hoy fue el día en que descubrí la mejor invención de los mortales: las papas fritas.

Son patatas fritas cortadas en rebanadas. Pero son mucho más que eso. Las hay de millones de sabores, todos ellos creados exclusivamente con productos químicos, por lo que no contienen la sustancia a

la que saben. Como dios del caos y de las artimañas que soy, celebro esta mentira. Por ejemplo, hay papas de tocino que son vegetarianas. ¡Ni siquiera tocaron un cerdo! ¡Qué arte!

Probé estas divinas rebanadas fritas gracias a Valerie. Me cambió dos paquetes por una zanahoria, para poder dársela a su caballo. Qué tonta. Las zanahorias son patéticas. Las papas fritas son lo mejor.

En cuanto llegue a casa, le exigiría a Hyrrokkin y Heimdall que compraran grandes cantidades de este suculento manjar. Thor no parecía muy convencido.

Es la primera vez en muchos años que Thor se impresiona por algo que le enseñé yo.

Hubo un momento que me pregunté si eso significaba que, tal vez, algún día, podríamos ser amigos.

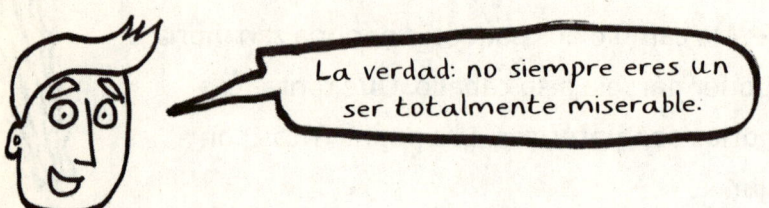

La verdad: no siempre eres un ser totalmente miserable.

Para Thor decir eso sobre mí era una cosa superpositiva.

—¿Cómo? —resoplé. No quería que viera que me gustaría que fuéramos amigos. La debilidad es algo de lo que los demás se pueden aprovechar—. No creo que este amor compartido por las papas sea el inicio de una amistad verdadera, ¿no te parece? —dije.

Thor parecía un poco dolido. Me pregunto por qué.

! Se me ocurren varias teorías.

Estaba pensando en voz alta. No te pregunté.

! Pues bueno, no aproveches mi eterna sabiduría.

Thor fue a hablar con algunos chicos que lo adulaban como patanes lamentables. Mientras esperaba a que dejaran de venerarlo, la gata de la escuela se me acercó para que la acariciara. Se restregó contra mis piernas y ronroneó hasta que me arrodillé para hacerlo. Al menos alguien me aprecia.

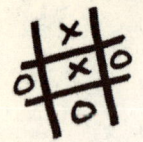

Día catorce:
Martes

PUNTOS DE VIRTUD DE LOKI (O PVL):

-3 600

Pierdes 100 puntos por herir los sentimientos de Thor.

Hum. Supongo que eso PODRÍA considerarse justo. Pero ¿de qué me sirve Thor? Porque YO (el gran dios Loki) hice hoy un nuevo amigo.

Thor estaba dándole patadas a cosas con sus amigos frikis deportistas, así que empecé a hablar con un chico de mi clase que estaba allí de pie, al margen de los pesaditos del balón.

He estado observando cómo conversan los humanos, y normalmente empiezan hablando sobre algo que disfrutas o que odias. Como odiar me parece más fácil, opté por ello.

No me fue tan bien como esperaba.

Llegados a este punto, me rendí y me fui.

Caminé y caminé y caminé solo hasta que vi a un zorro husmeando en un bote de basura cerca de un parque. Los zorros son unos de mis animales favoritos, así que lo seguí hasta su guarida y me transformé yo mismo en zorro para pasar el rato con él.

Llegué a casa pasado el toque de queda, e ignoré todos los mensajes de texto de Heimdall mientras estaba en forma de zorro. Heimdall me castigó escribiendo esto varias veces:

SOY ESCORIA Y NO MEREZCO VIVIR EN ASGARD.
SOY ESCORIA Y NO MEREZCO VIVIR EN ASGARD.

Le hice saber que no era muy amable por su parte. Dijo que ÉL no era el que había hecho cosas tan terribles como para tener que demostrar que es digno de vivir en Asgard.

¿Ya mencioné que odio a Heimdall?

> ! Ten cuidado. Es una locura insultar a uno de los poderosos dioses de Asgard, que no solo es amado por Odín, sino que también te hace la cena casi todas las noches.

Esto es ridículo. ¿Por odiar a Heimdall? Pero si él me odia a mí, ¡y a nadie le importa! Renuncio. No puedo más con esta estúpida misión. Ser bueno es demasiado difícil. Odín me ha puesto un reto imposible solamente para verme fracasar. ¿Cómo se atreve? ¿Quién fue el que murió y lo convirtió en Padre de Todo?

> **Lo hizo él mismo. Murió y volvió a la vida mientras buscaba la sabiduría.** !

Mira, es que a mí ya me da igual. Esto no está funcionando. Lo odio. LO ODIO.

Me odian mis padres falsos, me odia Thor, no sé cómo hablar con los estúpidos humanos, y hasta el zorro me ha sustituido por una bolsa de basura.

> **Técnicamente, Thor no te odia. Solo está enojado.** !

¡Shsss! ¿No ves que estoy despotricando por autocompasión?

Según SUS normas, nunca volveré a Asgard. Nunca les gusté, no les gusto desde que era un pequeño bebé gigante (o medio gigante, nadie lo sabe a ciencia cierta). Siempre fueron malísimos conmigo. Así que ¿por qué tendría yo que ser bueno con ellos?

Si SOY tan malo como dicen, entonces podría también dejar de intentar ser bueno. ¿Qué sentido tiene?

Pues ya está. Renuncio y listo. Voy a encontrar otra forma de llegar a Asgard; no como sirviente de Odín, sino como su amo.

Volveré allí y conseguiré el control. Y no me importa si escribir esto me hace perder todavía más puntos.

¡¡¡RENUNCIO!!!

Día quince:

Miércoles

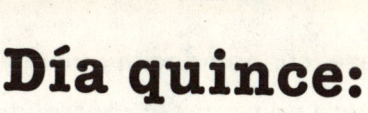

> **PUNTOS DE VIRTUD DE LOKI (O PVL):**
>
> # -3 650
>
> Pierdes 50 puntos por renunciar.

Pues bien, hoy tuve un día de lo más interesante. Todo comenzó mientras estaba en el baño.

«¡Oh, hola!», pensé cuando algo peludo me rozó las piernas.

Era la gata de la escuela otra vez, ronroneando y empujando la carita contra mí. «Vaya, debe de quererme de verdad —pensé—, si viene hasta aquí solo para verme». Los baños de la escuela apestan. Yo solo estaba allí porque quería estar solo, y me estaba tapando la nariz para poder soportarlo.

Al volver a clase, cuando decidí que la dedicaría a planear una manera de tomar el control de Asgard, me topé con Valerie. Me miró con una de sus miradas raras.

Después de clases, volví a los baños para ver si podía encontrar a la inexistente gata. Y la encontré, aunque solo un instante.

Cuando la gata me vio, se puso a dos patas y bufó. Su cuerpo peludo se agitó y tembló y creció, cada vez más grande, adoptando una nueva forma...

Era una mujer muy alta, de espaldas anchas, y llevaba una armadura y una maza. Su piel era de un azul muy pálido; completamente cubierta por una capa de hielo, como el cristal en invierno.

> Muy buenas, Loki. Te traigo una propuesta...

La giganta helada me presentó su oferta:

—Si me ayudas a secuestrar a Thor, nuestro enemigo declarado, mi rey te prestará un ejército de gigantes para atacar Asgard —dijo—. Podrás volver a casa victorioso. ¿Qué te parece?

Tragué saliva, pero no lo dudé mucho tiempo:

—Trato hecho.

Día dieciséis:

Jueves

> **PUNTOS DE VIRTUD DE LOKI (O PVL):**
>
> Pierdes más puntos de los que puedo contar por haber traicionado a Thor para entregarlo a los gigantes de hielo. Esto está mal, Loki. Muy mal. Yo no soy más que un algoritmo mágico que canaliza la sabiduría de Odín bajo la apariencia de un libro, pero, **MADRE MÍA, JOVENCITO,** cuando se entere el Odín real se va a **ENOJAR MUCHÍSIMO.**

¡Libro, tú cállate!

Ayer, la gigante helada (llamémosla General Glaciar) me explicó su plan, como debe hacer todo buen villano. Naturalmente, yo lo mejoré. Lo único que tengo que hacer es que Thor caiga en la trampa. Y no es que esto sea muy difícil, francamente.

Por desgracia, cometí el error de no tener en cuenta que Thor ahora es lo que los humanos llaman «popular». Esto significa que el resto de los humanos quieren pasar cada segundo con él. Los chicos de su equipo deportivo siempre quieren jugar con él, o hablar con él de deportes. No lo tengo claro, ya no me molesto en escucharlos. Para mí es como si hablaran de ordeñar ovejas para hacer queso.

Esto hace que sea complicado encontrar a Thor solo. Pero espero a que llegue ese momento como una araña paciente, que teje su red de mentiras y artimañas.
Y también le aviento mocos a Thor cuando no mira. El cuerpo humano TIENE sus ventajas: es una fábrica de sustancias asquerosas, perfectas para una astuta venganza.

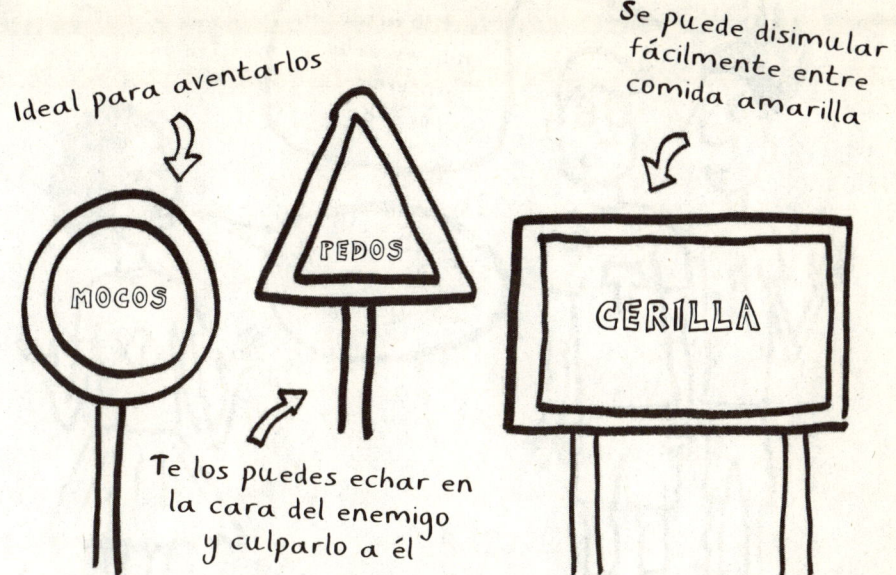

Cuando Thor y yo fuimos de compras vi cómo la trabajadora de una cafetería le escupía en el café a un cliente maleducado. Creo que podría enamorarme de ella. O quiero ser ella; no lo tengo claro. Antes miraba a los mortales por encima del hombro, ¡pero tienen lo suyo! Y escupen.

Cuando el primer grupito de deportistas dejó solo a Thor, lo rodearon un montón de nuevos admiradores para preguntarle sobre su antigua escuela, que por lo visto es el lugar más fascinante del mundo, aunque no exista.

Lo que más me molesta de todo es que, como Thor es un desastre mintiendo, empezó a quedarse sin cosas que decir sobre su última escuela, ¡y tuve que ir yo en su ayuda!

Thor y su estúpida cara bonita.

Más tarde, en el cambio de clase, me encontré con Valerie en el pasillo. Yo ya había desistido en lo de encontrar a Thor solo: era demasiado insoportable ver a toda la gente acudiendo a él en manada. Valerie estaba rara. Tenía la cara hinchada y los ojos húmedos.

Había estado llorando.

Llorar es una de las funciones corporales que los dioses comparten con los humanos, y que yo utilizo mucho sin ningún tipo de vergüenza.

La respuesta habitual en Asgard a las lágrimas es que te griten y te llamen llorón. Me imaginé que eso no iba a funcionar con Valerie. Podría pegarme un puñetazo.

—¿Qué te pasó? —le pregunté.

Me miró con desconfianza. Estoy superacostumbrado a ese tipo de gestos.

—Nada —balbuceó.

Como señor de las mentiras, sé identificar una nada más oírla. Pero, a fin de cuentas, no era mi problema, así que la seguir por su camino. Ser mejor persona ya no es mi deber. Lo único que tengo que hacer es atrapar a Thor, ¡y Asgard será mío!

Creerás que me sentí un poquito más contento al respecto.

Debería
sentirme así.

¿Por qué me
siento así?

Día diecisiete:
Viernes

> **PUNTOS DE VIRTUD DE LOKI (O PVL):**
>
> De verdad, es que prefiero ni pensarlo.

La jornada escolar transcurrió tan despacio como un río de caramelo. Primero tuvimos asamblea.

Los siguientes cinco minutos los pasé sufriendo lo que los mortales llaman una «pierna dormida». Thor tiene que aprender a usar las palabras, no los puños, como dijo nuestra profesora.

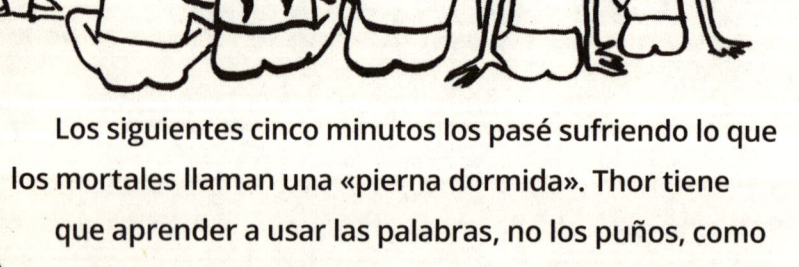

Pero daba igual. Mi plan ya estaba en marcha. La trampa preparada. Era el momento de castigar a Thor... Solo me quedaba sobrevivir al resto del día.

Cuando terminó esa eternidad de aburrimiento, me acerqué furtivamente a Thor mientras caminaba a pasos agigantados por el pasillo en dirección al campo de futbol. Tenía que entrenar después de clase. Y a mí me tocaba quedarme allí mirando, mientras él corría por el pasto y le daba patadas a un balón.

Continué.

—Me pregunto si no te estarás volviendo un poco... humano. No hay ningún peligro verdadero en el futbol. Aunque ahora que tienes un cuerpo mortal, igual sí tiene sentido que practiques una actividad agradable y segura.

Thor se detuvo.

—¿Me estás diciendo que soy un cobarde?

—Ay, no —le dirigí una mirada terrorífica—. ¡Claro que no! Solo estás siendo prudente.

Thor me echó una de sus miradas estruendosas, seguida de un trueno de verdad que le salía de la cabeza.

—No fui yo —qué mal miente Thor.

—Aun así —dije cuando Thor empezó a caminar de nuevo, esta vez más despacio, hacia el gimnasio—. Una persona un poquitín menos prudente que tú podría buscar algún reto más peligrosillo. Uno de los niños más pequeños me dijo que hay un cocodrilo gigante que anda suelto por el colegio, con dientes como cuchillas y mandíbulas del tamaño de un coche. Dicen que escapó de un zoológico cercano y que llegó a la escuela por el alcantarillado. Haría falta un verdadero héroe para encontrarlo. Pero veo que tú ya no haces este tipo de cosas. Es muy sensato por tu parte.

Thor prácticamente rugió de furia.

—¿Dónde está la bestia? —bramó.

—Los niños pequeños la vieron reptando en dirección al sótano —dije—. Lo digo simplemente como información. Jamás te instaría a que fueras. De hecho, te desaconsejaría MUY encarecidamente que lo hicieras.

—Hum —dijo Thor. Lo pensó y se le iluminaron los ojos.

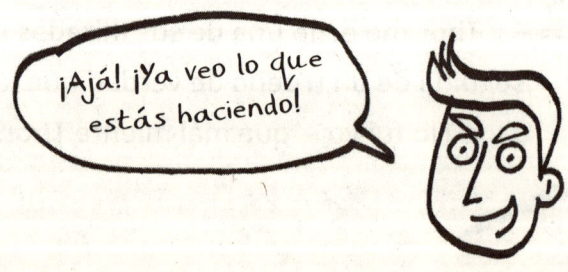

Tragué saliva. Por un momento, pensé que se había dado cuenta de mi psicología inversa. ¿Quizá no era tan cabeza de chorlito como yo pensaba?

—Intentas debilitarme —concluyó—. ¡Intentas impedir que haga lo que es correcto y valiente! ¡Debería hacer justo lo contrario de lo que me dices que haga, timador!

> Esto es demasiado fácil. Es como robarles bebés a los mortales.

Bajó corriendo al sótano de la escuela y lo seguí. Por cada zancada que él daba, yo daba dos. ¡La verdad es que Odín podría haberme proporcionado un cuerpo más grande! ¡No es que le falten los poderes para hacerlo! Yo personalmente creo que le pareció divertida la idea de que trotara detrás de Thor como si fuera un poni detrás de un caballo de carreras.

Qué INSENSIBLE.

Thor abrió la puerta del sótano y bajamos a aquel inframundo infestado de humedad. Como yo ya había explorado el lugar, sabía lo que encontraríamos.

HUMEDAD

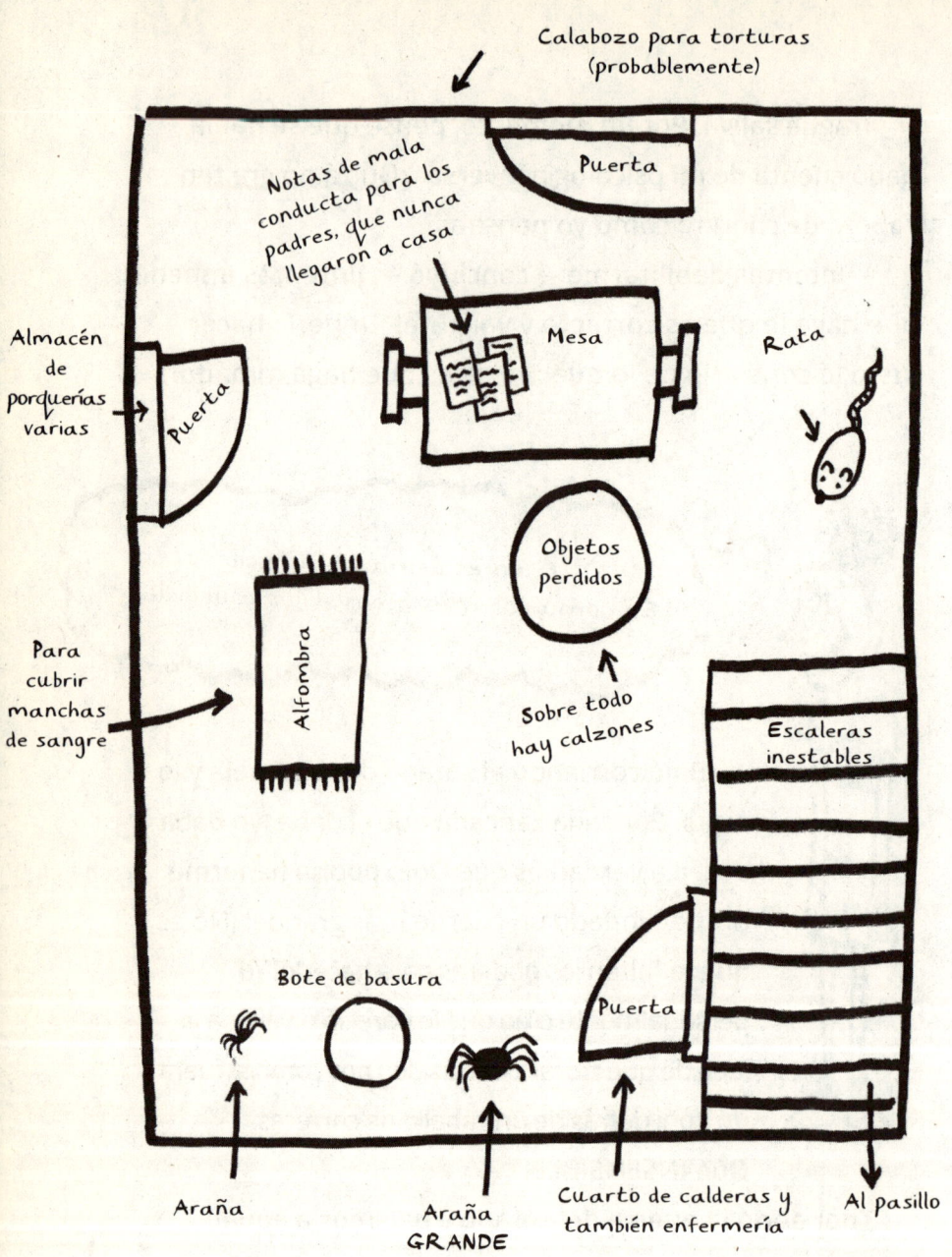

Cuando Thor se dirigía al rincón más alejado del sótano en busca del cocodrilo, no vio a los descomunales gigantes que se acercaban sigilosamente a las escaleras del sótano...

—Ahora quiero mi recompensa —le dije a la General Glaciar, la giganta helada con la que había hecho mi pacto solemne. (Por supuesto, yo no sabía si ella era general, pero tenía un cierto aire de autoridad).

Le pasó la bolsa con Thor a su compañero, al que llamaremos Capitán Iceberg, que era muy barbudo y especialmente gélido, incluso para un gigante de hielo. Acto seguido, la General Glacial sacó algo del bolsillo. Otra bolsa...

Parece ser que no soy la única persona metida en esto de la traición. Me dieron una puñalada trapera. ¡A MÍ!

Pero no me habían vencido. Aún tenía unos cuantos ases bajo la manga. Así que, con un poquito de magia de Loki, me transformé en...

¡Era libre! ¡Era libre! Era...

Me atraparon. ¡DIABLOS!

Los dos gigantes me miraban con malicia a través del cristal, mientras yo revoloteaba impotente. En ese momento pensé que, como mortal (humano o mosca), pronto me quedaría sin aire en esta pequeña prisión.

Pero si me volvía a transformar en mi anterior forma de humano, al crecer podría cortarme con cristales rotos.

Se dice mucho eso de que siempre hay opciones, aunque, por el aprieto en el que estaba, solo se me ocurrían malas opciones.

Consideré una tercera mala opción: pedir ayuda a Odín. Pero, como acababa de traicionar a su hijo favorito ante los enemigos declarados de los dioses, supuse que me iría peor con Odín que con los gigantes. Este podría, por ejemplo, agravar aún más mi tortura eterna de la serpiente añadiendo algo con fuego y agujas.

—Hablémoslo con calma —dije con mi vocecilla de mosca—. Seguro que hay algo que pueda ofrecerles. ¡Lleguemos a un acuerdo!

Los gigantes se rieron. Pero después...

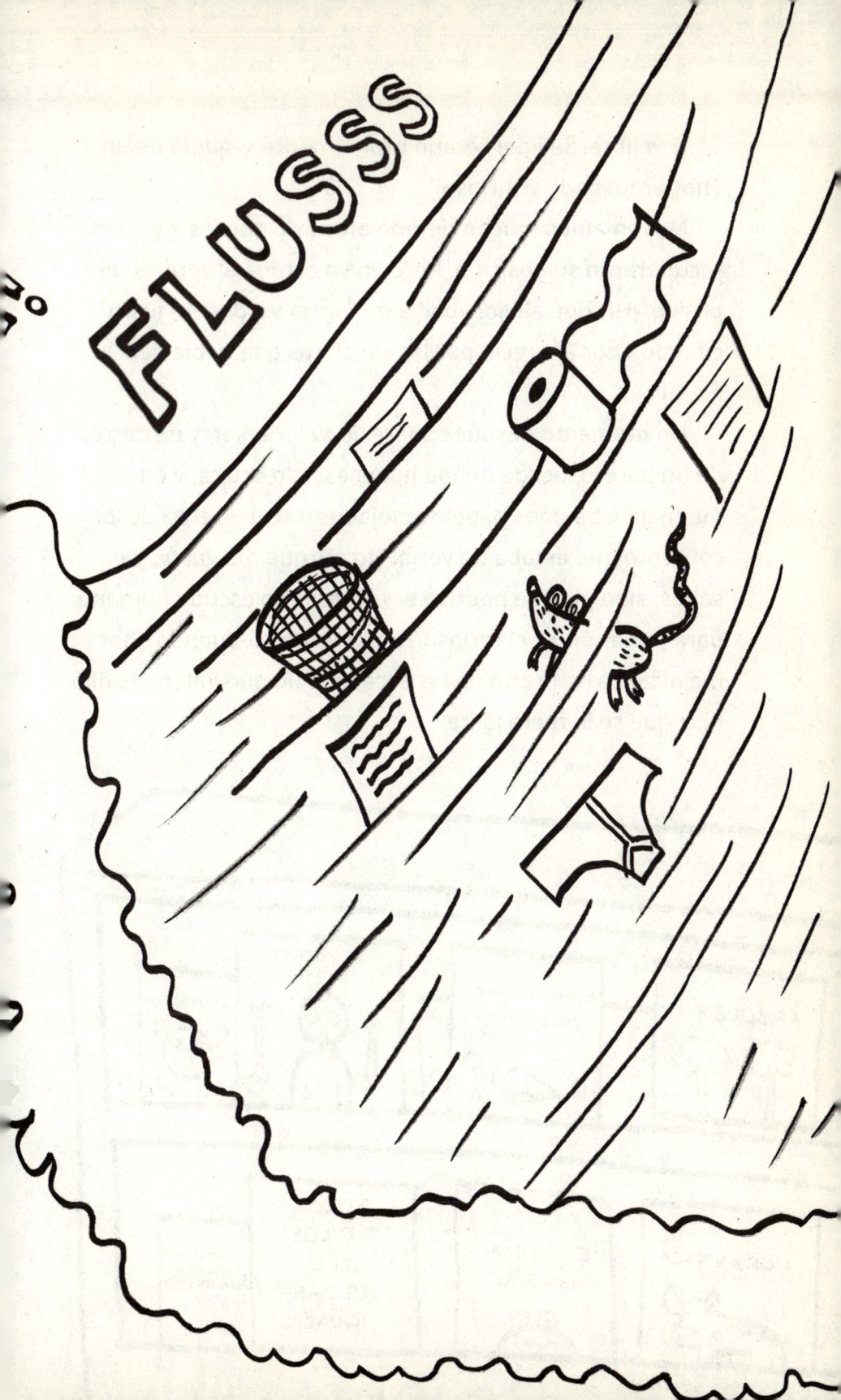

¡Era libre! Salí del sótano rápidamente seguido de un Thor empapado y furioso.

No teníamos mucho tiempo antes de que los gigantes recuperaran su posición. Pero yo ya estaba afuera, en el pasillo. ¡UF, qué alivio! Volví a mi forma verdadera justo cuando Thor apareció por las escaleras que había detrás de mí.

Un momento después apareció Valerie Kerry de detrás de un librero, desde donde había estado oculta, y en la mano llevaba unos papeles mojados. Me di cuenta de lo contento que estaba de verla. No porque me guste, ya sabes, sino porque podría servirme como escudo humano para poner entre el furioso Thor y yo. Pero, cuando Thor me alcanzó en lo alto de las escaleras, lo que Valerie le dijo hizo que se le fuera la ira.

—¡Lo sabía! —exclamó Valerie con los ojos iluminados—. ¡Sé lo que son!

A Thor se le cayó la mandíbula al suelo. Hasta la mía se abrió un poco.

¿Me había visto exhibiendo mis poderes? Seguro que no, porque me transformé antes de que pudiera verme. ¿Entonces qué? ¿Cómo había descubierto nuestra verdadera naturaleza divina?

Thor clavó los ojos en Valerie. Yo clavé los ojos en Valerie. Valerie clavó los ojos en nosotros dos.

—¿Y si hablamos de este asunto en un lugar más privado? —sugerí, consciente de que en cualquier momento podían subir los gigantes de hielo por la escalera del sótano.

Valerie dijo que conocía el sitio perfecto.

Mientras caminábamos tras ella, Thor me dijo entre dientes:

—Ahora sí metiste la pata, estafador. En cuanto hayamos aclarado las cosas con Valerie...

Cruzó el dedo índice por delante del cuello. Ese gesto no me gustó nada. Claramente no era un gesto amistoso. A menos que tengas amigos de esos que te quieren cortar el cuello.

Llegamos al destino prometido, que resultó ser una especie de cárcel para niños conocida como:

—Siempre termino sentada en una esquina yo sola y nadie me molesta —nos explicó Valerie al sentarnos en unos chirriantes asientos de plástico alrededor de una mesita que estaba en la esquina de una gran habitación. Una profe hacía guardia por si alguien se escapaba.

—Entonces —dije con tanta naturalidad como pude— ¿qué te hace pensar que somos extraterrestres?

Los ojos de Valerie se iluminaron con un brillo que nunca había visto. Luego empezó a hablar:

—A ver, yo siempre he creído en los extraterrestres. Es que tiene sentido. El universo es inmensamente grande y hay tantos planetas... es de arrogantes pensar que somos los únicos seres en él.

—Cierto, cierto. Los humanos pueden ser arrogantes —concedí—, pero parece que tú no. Eso está bien.

—Pero... nosotros también somos humanos —dijo Thor frunciendo el ceño. Se inclinó hacia mí y susurró no muy discretamente—: ¿Ya se te olvidó nuestra tapadera?

Le lancé una mirada fulminante y le di una patada bajo la mesa. Él me la devolvió. Me dolió un montón.

—Ya es demasiado tarde —le dije, guiñándole un ojo. No se puede ser muy sutil con Thor, pobrecillo—. Nos descubrió. Sabe que somos EXTRATERRESTRES —tenía la esperanza de que a Thor le entrara en su enorme cabezota que estaba bien el hecho de que Valerie se hubiera dado cuenta de que éramos diferentes..., pero que llegara a la conclusión equivocada. Así, mientras tenga una explicación para cualquier cosa rara que pudiera ver en nosotros, nunca sospecharía que somos dioses.

—Ah —soltó Thor. Parecía muy confundido, pero al menos dejó de darme patadas.

—¿Desde cuándo sospechas de nosotros? —le pregunté.

—¡Desde el principio! —respondió—. ¡Los vi llegar en su nave espacial!

Eso me dejó intrigado. Yo no había llegado en ninguna nave espacial.

A menos que...

—¡Ah, claro, nuestra nave con los colores del arcoíris! —exclamé.

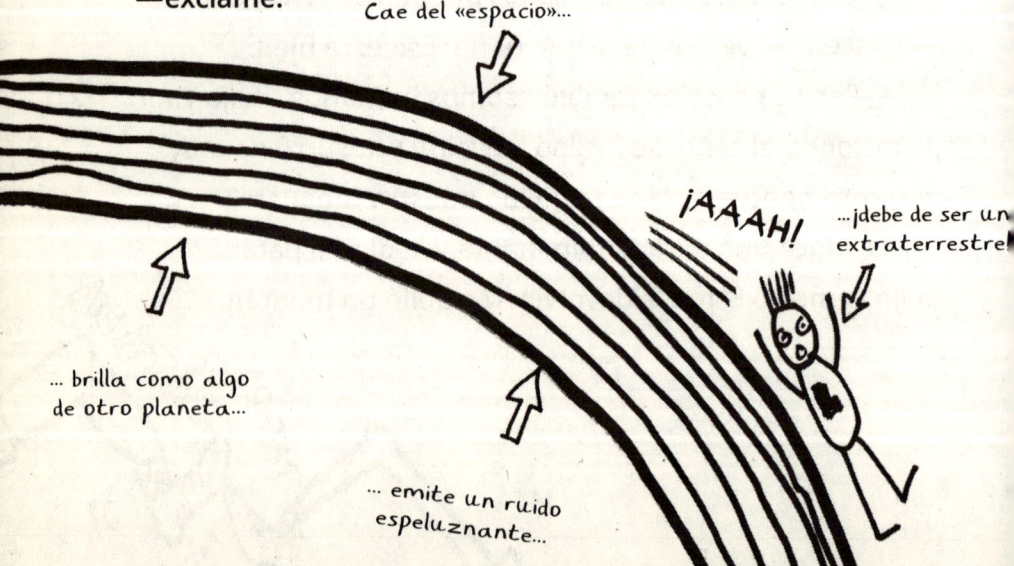

Cae del «espacio»...
¡AAAH!
...¡debe de ser un extraterrestre!
... brilla como algo de otro planeta...
... emite un ruido espeluznante...

—¡Sí, esa! —dijo Valerie. Sus ojos brillaban de entusiasmo—. A ver, lo llamo nave espacial, pero supongo que la parte principal de la nave es invisible y que el arcoíris que vi era simplemente la rampa para desembarcar. ¿O era una especie de rayo abductor?

—El nombre técnico es Ritzymaplizzle, en nuestro idioma alienígena —improvisé. Los detalles son importantes para construir una buena mentira—. Pero, sí, puedes llamarlo una rampa o rayo abductor en tu lengua.

Thor ahora estaba todavía más confundido. Yo solo pensaba: «Que no diga nada, que no diga nada».

—Cuando llegaron a la Tierra, decidí seguirlos para descubrir si querían hacernos daño —continuó Valerie—. Me preocupaba que vinieran a invadirnos, ¿sabes?

—Claro, claro —dije—. Una raza de extraterrestres malvados podría hacerlo. Pero imagino, como nos rescataste, ¡que te diste cuenta de que venimos en son de paz!

Le di otra patada a Thor y retiré rápidamente las piernas para que no pudiera devolvérmela. Por fin entendió la indirecta y se calló, todo tristón.

—Mi copiloto extraterrestre está bromeando. Él también viene en son de paz. Continúa, por favor —le pedí a Valerie.

—Pensaba que eran unos malvados invasores, pero luego Thomas vino a ayudarme con los abusones. Aunque todavía no estaba segura. Podía haber sido una jugarreta para intentar ganarse mi confianza —dijo—. Pero hoy los seguí hasta el sótano y vi que a Thomas lo habían capturado unos extraterrestres. Así que, por pura lógica (que es una herramienta muy importante si quieres descubrir la verdad, como sé hacer yo), deduje que ustedes DEBEN ser los extraterrestres buenos, y ellos, los malos, ¡porque son ellos quienes los capturaron! ¡Y tuve que ir a rescatarlos!

—¡Bravo! —exclamé aplaudiéndole—. ¡Un razonamiento deductivo impresionante! —los egos de los mortales son frágiles y, de vez en cuando, hay que alimentarlos.

Valerie me miró como si yo fuera raro. Decidí cambiar de tema.

—¿Cómo provocaste la inundación? —le pregunté.

—Tapé los retretes con papel higiénico —respondió Valerie—. Las tuberías de la escuela son muy viejas, así que no hace falta mucho para provocar una buena inundación.

Tomé nota mental de eso.

—Muy bien —dijo, sacando un cuaderno—. Quiero saberlo TODO sobre la vida en su planeta y quiénes son los extraterrestres malos.

Hice crujir los nudillos y sonreí.

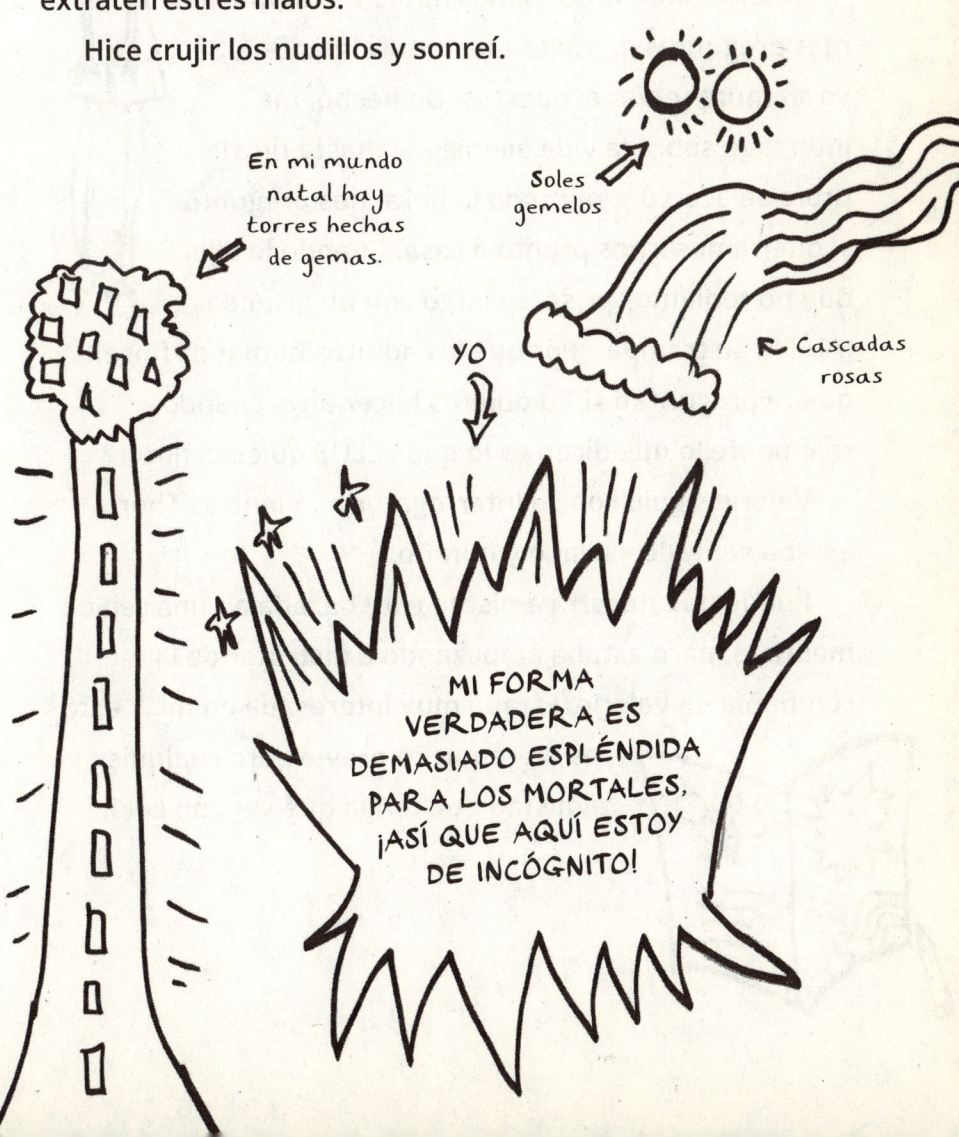

—¿Y por qué escogiste ESE cuerpo? —preguntó Valerie.

A Thor le salió una risotada por la nariz.

Cuando la pregunta dejó de indignarme, respondí con total sinceridad:

—No lo escogí yo, sino mi líder.

Otro secreto para construir mentiras de primera categoría es sazonarlas con una pizca de verdad.

Valerie tomó muchísimas notas e hizo muchas más preguntas, para las que naturalmente yo siempre tenía respuestas. De hecho, me interrogó sobre la vida alienígena, hasta que la profe se acercó y, mirando la hora, nos preguntó si queríamos irnos pronto a casa. Cuando le dije que no teníamos prisa, se largó con un gruñido. ¡AJÁ! Vi su trampa. ¿Por qué los adultos humanos fingen que te preguntan si TÚ quieres hacer algo, cuando realmente lo que dicen es lo que ELLOS quieren hacer?

Valerie siguió con su interrogatorio, mientras Thor estaba sentado, callado y huraño.

Puede que nuestra amistad esté basada en una red de mentiras, pero estaba empezando a disfrutar de la compañía de Valerie. Estaba muy interesada en mí. Y esto

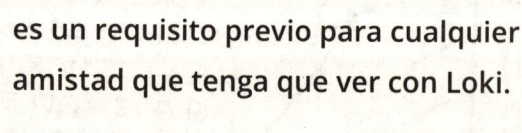

es un requisito previo para cualquier amistad que tenga que ver con Loki.

¿Y no se basa toda mi vida en una red de mentiras? Las redes de mentiras, que se extienden por mi vida como telarañas, son mi zona de confort.

Al volver con Thor a casa, noté encima de mi cabeza cómo se formaban unos nubarrones. Empezó a llover, pero solo sobre mí.

—Me entregaste a los gigantes —se quejó Thor. Un rayo destelló en sus ojos—. ¿Sabes lo que significa eso?

—¿Que se te puede tomar el pelo muy fácilmente? —dije, quitándome la lluvia de la cara.

—Que no habrá manera de que recuperes los puntos suficientes, de aquí a final de mes, para salvarte del castigo eterno —dijo Thor.

Ups. Había olvidado todo eso con la emoción que tenía de contarle a Valerie mi vida en un planeta alienígena.

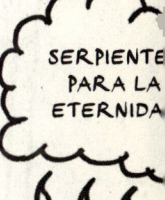

Pues ni modo, me quedé sin ejército de gigantes de hielo.

Demonios.

—Y, durante el tiempo que nos queda en la Tierra, no pienso volver a ayudarte —prosiguió Thor—. Arréglatelas como puedas. A menos que hagas algo que ponga bajo amenaza a la humanidad, en cuyo caso te aplastaré como el bicho que eres. Mientras tanto, voy a dedicarme a custodiar la Tierra por si acaso vuelven esos gigantes de hielo... Y por cierto, ¡yo tenía RAZÓN! Te dije que esa gata era un gigante de hielo ¡y te burlaste de mí! Pero ¡yo tenía RAZÓN!

Odio cuando tiene razón, casi tanto como odio que se eche pedos en mi cara.

Nota para mí mismo: fabrica algún tipo de casco para protegerte de los pedos de Thor.

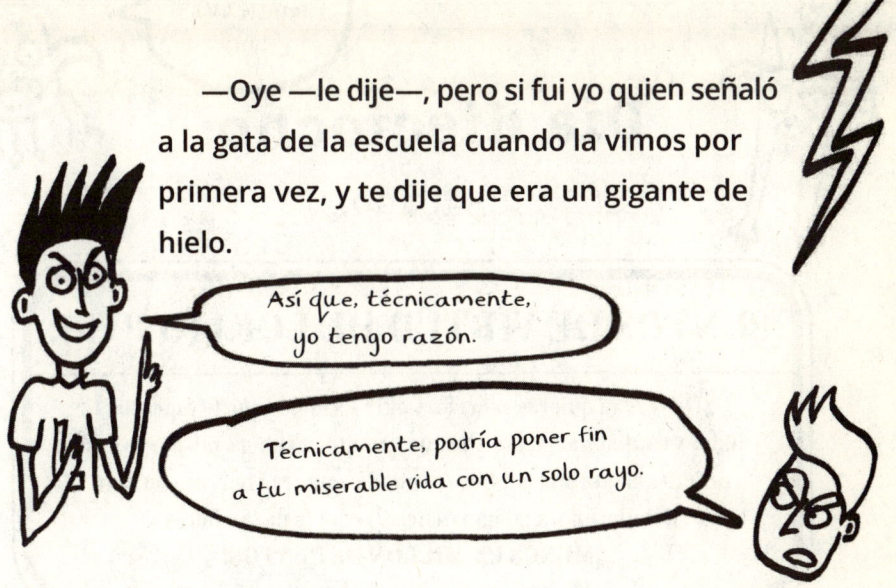

—Oye —le dije—, pero si fui yo quien señaló a la gata de la escuela cuando la vimos por primera vez, y te dije que era un gigante de hielo.

Así que, técnicamente, yo tengo razón.

Técnicamente, podría poner fin a tu miserable vida con un solo rayo.

Ahí sí que tenía razón Thor, por lo que adopté una expresión de súplica.

—No se lo vas a contar a Hyrrokkin y Heimdall, ¿verdad? —le pregunté. Puesto que, al fin y al cabo, mi destino estaba en sus rechonchas y pedorras manos.

—No —dijo Thor—, pero solo porque no voy a contarles que yo, el majestuoso Thor, caí en una trampa de gigantes.

—Técnicamente, la trampa era mía —maticé, y mi observación no ayudó a mejorar su malhumor.

Thor aumentó el ritmo, y me dejó atrás, refunfuñando palabras que los humanos de once años no deberían decir. En ese momento me sentí bastante solo.

El lado positivo era que no iba a delatarme. Al menos de momento.

Día dieciocho:

Sábado

PUNTOS DE VIRTUD DE LOKI (O PVL):

¿De verdad quieres saberlo, Loki? Es mejor que te tapes los oídos y cantes «la, la, la». Porque tu condena ahora mismo es casi prácticamente eterna. Pero te puedo contar el horror con todo detalle: ahora mismo tienes... redoble de tambores...
¡MENOS UN MILLÓN DE PUNTOS!

UPS. Esto no va bien. No va nada bien.

¿Cómo voy a poder conseguir puntos suficientes para reparar lo ocurrido con los gigantes? Aunque logré ocultar mis verdaderos poderes divinos ante Valerie, yo creo que eso no cuenta como acción virtuosa, sino como una manera de evitar un error monumental.

Decidí intentar una estrategia humana que se llama «ignorar tus problemas y esperar a que desaparezcan». La veo en muchos de los humanos que conozco y pienso que merece la pena intentarla al menos una vez. Así que busqué en internet para ver qué actividades me permitirían distraerme de la espantosa realidad.

Descubrí un fenómeno llamado videojuegos.

Juegos, Vídeo-: imágenes en movimiento controladas por «jugadores» mortales que a menudo son una forma de combate simulado contra monstruos o ejércitos, aunque hay otros videojuegos que consisten en buscar artículos mágicos, como si de una misión se tratara. En otros hay que resolver unos endemoniados rompecabezas de colores chillones. Normalmente los adultos mortales se equivocan creyendo que estos juegos son responsables de los males de la sociedad cuando, en realidad, tales males los crean los propios adultos mortales.

Al principio me pareció una tontería jugar estas cosas. ¿Por qué simular que matas a monstruos cuando puedes matarlos de verdad? O mejor aún: cuando puedes sentarte, prepararte una botana y ver a Thor matar a monstruos desde una distancia prudente y segura.

Después recordé que estoy atrapado en el reino de los mortales, donde no hay monstruos (excepto los de la escuela), y el martillo que usa Thor para matar monstruos mientras yo miro está en un estante, en su habitación. Así que le di una oportunidad a esto de los videojuegos.

Jugué uno en la computadora de Heimdall mientras dormía, después de su turno de noche, y mientras Hyrrokkin probaba un pasatiempo mortal llamado jardinería, que consiste en extraer plantas de una tierra para ponerlas en otra tierra diferente. No le veo la gracia.

En cambio, sí pude verle la gracia a los videojuegos, que resultan ser MEJORES que la violencia real. En las batallas de verdad, normalmente no te escuchas cuando hablas, así que tu enemigo no suele entender bien tus magníficos insultos.

Esto no pasa en los videojuegos. Aquí te enfrentas a oponentes virtuales de todo el mundo a través de internet y puedes escribirles insultos ingeniosos mientras los destruyes, ¡y lo entienden todo!

A veces los insultos tocan tanto la fibra sensible, que recibes mensajes de este tipo:

SOY LA MADRE DE @GORGONO292. POR FAVOR, DEJA DE CIBERACOSAR A MI HIJO. ESTÁ LLORANDO.

Esto significa que gané, ¿no?

Día diecinueve:

Domingo

> **PUNTOS DE VIRTUD DE LOKI (O PVL):**
>
> Qué prefieres, ¿las malas noticias o las peores?
> Digamos simplemente que el acoso por internet
> no te sirvió de mucho.

No oigo, no oigo, soy de palo. Problemas, váyanse.

La parte buena es que conseguí un récord de puntuación en el juego violento. Estaba yo alegremente insultando a mis compañeros jugadores, cuando escuché un leve sonido en mi cabeza:

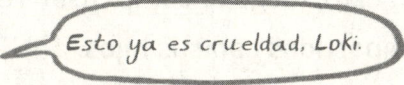

¿QUÉ RAYOS ES ESO?

Día veinte:

Lunes

> **PUNTOS DE VIRTUD DE LOKI (O PVL):**
>
> Imagínate una cifra negativa tan grande que va y vuelve de aquí al final del universo, dándole una vuelta completa al reino de los gigantes, un rodeo por Hel, luego una vuelta más por otra dimensión, y TODAVÍA no habrás conseguido representar una cifra negativa lo bastante grande.

Durante el desayuno, Hyrrokkin me dijo que estaba muy pálido.

Deberías salir más. El aire fresco es bueno para los mortales.

—Pero si el aire de aquí tiene un montón de humo —remarqué.

Lo consideró.

—Quizá deberíamos dar otro paseo por el campo antes de ir a clases. Heimdall y yo no estuvimos mucho por aquí este fin de semana. Entiendo que, cuando los padres mortales hacen esto, luego lo compensan realizando más actividades compartidas con sus hijos.

—Voy a sacar al perro de paseo AHORA MISMO —dije antes de que pudiera secuestrarme para torturarme con otro festival de lodo...

Thor vino conmigo para asegurarse de que no hiciera nada terrible y para vigilar a los gigantes de hielo. Intenté iniciar algún tema de conversación, pero cada vez que le decía algo me fulminaba con la mirada. Así que tuve que quedarme solo con mis propios pensamientos. Normalmente eso es, porque mis pensamientos están repletos de sabiduría e ingenio.

Corrección: tus pensamientos están repletos de engaños e insultos.

Emmm. Bueno, pues da igual. Hoy mis pensamientos no tenían ninguna de esas cosas. Estaban llenos de FATALIDAD.

Lo único que interrumpió mi melancolía fue cuando el perro hizo caca. Aunque ni siquiera pasarle la bolsa de la caca por la cara a Thor me devolvió mi alegría habitual.

De camino a la escuela, Thor siguió vigilando a los gigantes de hielo y casi ataca a un gato totalmente inocente.

En el recreo, Thor estuvo examinando a cada alumno que no reconocía, por si acaso era un gigante de hielo.

Fue fácil porque todos se apiñaban a su alrededor.

Mientras tanto, yo me hice amigo de unos chicos que se habían encontrado una rana muerta en el patio. Esto me distrajo unos minutos, hasta que sugerí que diseccionáramos la rana para ver lo que había adentro. Todos se fueron.

Pero Valerie Kerry estaba hecha de otra pasta.

Apareció una sombra en medio de nuestro disfrute. Me di vuelta para ver a... ¡Chico Violento 1 y sus amigotes!

¡Aquello me molestó muchísimo! NO era nada buena. ¿Qué clase de insulto es «chica rana»? ¡Podría pensar en un insulto mejor mientras duermo! Me estiré todo lo que pude hasta alcanzar mi altura plena, aunque limitada, y puse los brazos en jarra.

—Escucha —le dije—. Tú crees que esa patética demostración te hace parecer machote e importante, pero ¿no has pensado en buscarte un hobby, en lugar de molestar a la gente con tus tonterías vacías? Escuché que los deportes están de moda. ¿O quizá prefieras probar qué tal se te da el tejido?

—¿Eh? —emitió. Desde luego, tenía el intelecto de un Thor.

—Vámonos —dijo Valerie—. De todas formas, tenemos que ir a clase —entrelazó su brazo con el mío y nos fuimos.

—Gracias —continuó—. De verdad que no hacía falta, aunque me alegra saber que eres un honorable extraterrestre que se planta ante el mal —parecía contenta. Al menos eso creo, por lo que mostraba su cara. No había visto antes ninguna así dirigida hacia mi persona.

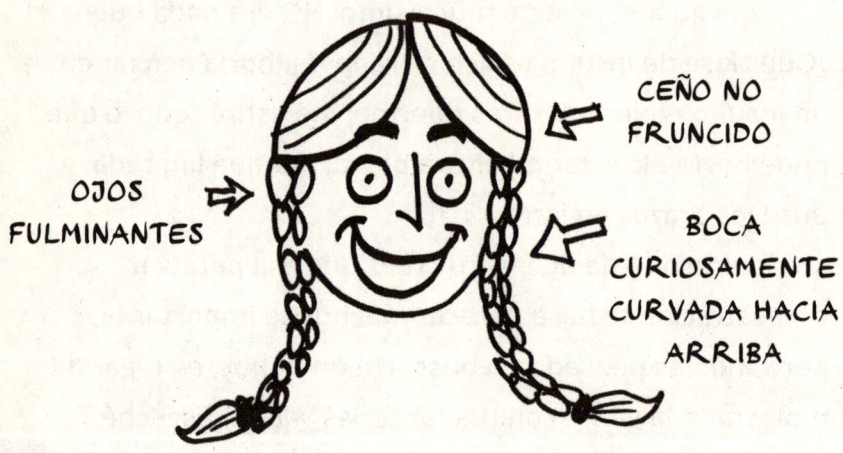

—Con mucho gusto —respondí, y no era mentira.

¿Qué ERA este sentimiento cálido y burbujeante que sentía en el pecho? ¿Acaso estaba disfrutando ayudar a la gente?

Seguro que no. Soy Loki. Soy el caos. No soy de los que ayudan. En cambio, soy muy bueno insultando. En realidad es una tradición de los dioses: una competencia de insultos llamada escarnio.

Ese sentimiento cálido y burbujeante debe de haber sido orgullo. Estaba orgulloso de haber traído una noble tradición de los dioses a este vergonzoso reino.

En este caso, no fue una batalla justa. Derroté a mi oponente, dirigiéndole un montón de palabras, y él solo dijo «eh» varias veces. ¡Necesito adversarios mejores!

Hablando de adversarios, al salir de clase me encontré con Thor en la puerta. Me había estado evitando todo el día, pero decía que quería volver conmigo para que no hiciera nada terrible, como robar un coche, o provocar una plaga, o lo que fuera.

Personalmente, creo que simplemente quería deshacerse un rato de sus fans. Algunos de los chicos eran tan empalagosos que daban vergüenza ajena.

Mentira detectada. !

Bueno, está bien. Quizás un poco sí, pero de todas formas... ahora ya tenía una amiga propia. Qué raro todo.

Día veintiuno:
Martes

> **PUNTOS DE VIRTUD DE LOKI (O PVL):**
>
> **1000 PUNTOS** positivos por demostrar amabilidad y solidaridad. Entonces, si a menos un millón elevado al infinito le sumamos 1000, nos da... Vaya, pues sigue estando muy mal, ¿no?

Al parecer, gané unos cuantos puntos por defender a Valerie, pero eso fue solo una gota en el océano. No tengo ni idea de cómo voy a ganar el resto de los puntos suficientes.

En clase de Mate, Valerie me pasó una nota.

> GRACIAS POR LO DE AYER. ERES DE UN PLANETA MUY AMABLE. Mi número de teléfono está en el reverso. Escríbeme si necesitas ayuda. O si se te ocurren buenas bromas.

Después de que la leyera, Thor me la quitó de las manos muy incrédulo.

—Hiciste... ¿algo amable? ¿Tú? —dijo con cara de vaca mirando a un tren. O sea, más o menos la misma cara que

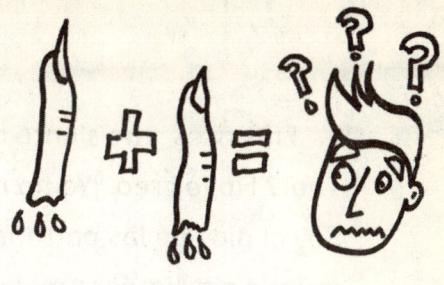

pone cuando tiene que calcular cuántos dedos le amputó a un gigante.

—Sí, así es —le respondí, recuperando mi nota.

—Pero si eres un monstruo. ¡Si me entregaste a los gigantes de hielo! ¿Cómo vas a hacer TÚ algo amable?

—Soy una persona compleja —le expliqué.

Me lanzó su mirada asesina.

—De todos modos, nunca te perdonaré por haberme traicionado —me dijo.

—«Nunca» es mucho tiempo —le contesté.

—Mucho tiempo es el de esta clase de Mate —dijo Thor, mirando el reloj.

Me reí. Thor no suele hacer bromas.

Luego tuve una extraña sensación. Era lo opuesto al sentimiento difuso que tuve cuando ayudé a Valerie. Era más amargo y punzante, como si tuviera en el pecho veneno de serpiente y acero frío.
No conseguía dar en el clavo.

Entre clase y clase, le pregunté a Valerie:

—¿Cuál es ese sentimiento de cuando le hiciste algo a alguien, y esa cosa era... no del todo buena... y la otra persona te dice que no te va a perdonar, y luego tú te sientes como si hubieras comido veneno para ratas?

—¿Culpa? —contestó Valerie.

Entonces ¿me siento culpable por haber traicionado a Thor? No lo creo. ¡Yo no me siento culpable por mis actos! Soy el dios de las patrañas. ¡Yo paso sobre la superficie del mundo sin siquiera mojarme los dedos de los pies! No siento ninguna CULPA por las cosas que hago. ¡Hago algo y continúo con mi vida!

Cuanto más lo pienso, más creo que sin duda era una indigestión. Algo a lo que mi cuerpo mortal ahora está acostumbrado, después de practicar el ritual humano de pedir COMIDA PARA LLEVAR. (Muy de vez en cuando, Heimdall tiene buenas ideas).

> **Comida para llevar:** como los humanos no tienen una fuente mágica de alimentos, a veces se encuentran demasiado cansados como para fabricar su propio sustento, y también para ir a unos sitios que se llaman «restaurantes». En tales casos, los humanos practican el ritual de la comida para llevar, que consiste en pedir a través de un teléfono unos humeantes envases de plástico que contienen comida caliente.

Esta es mi nueva costumbre humana favorita. ¡Es exquisita!

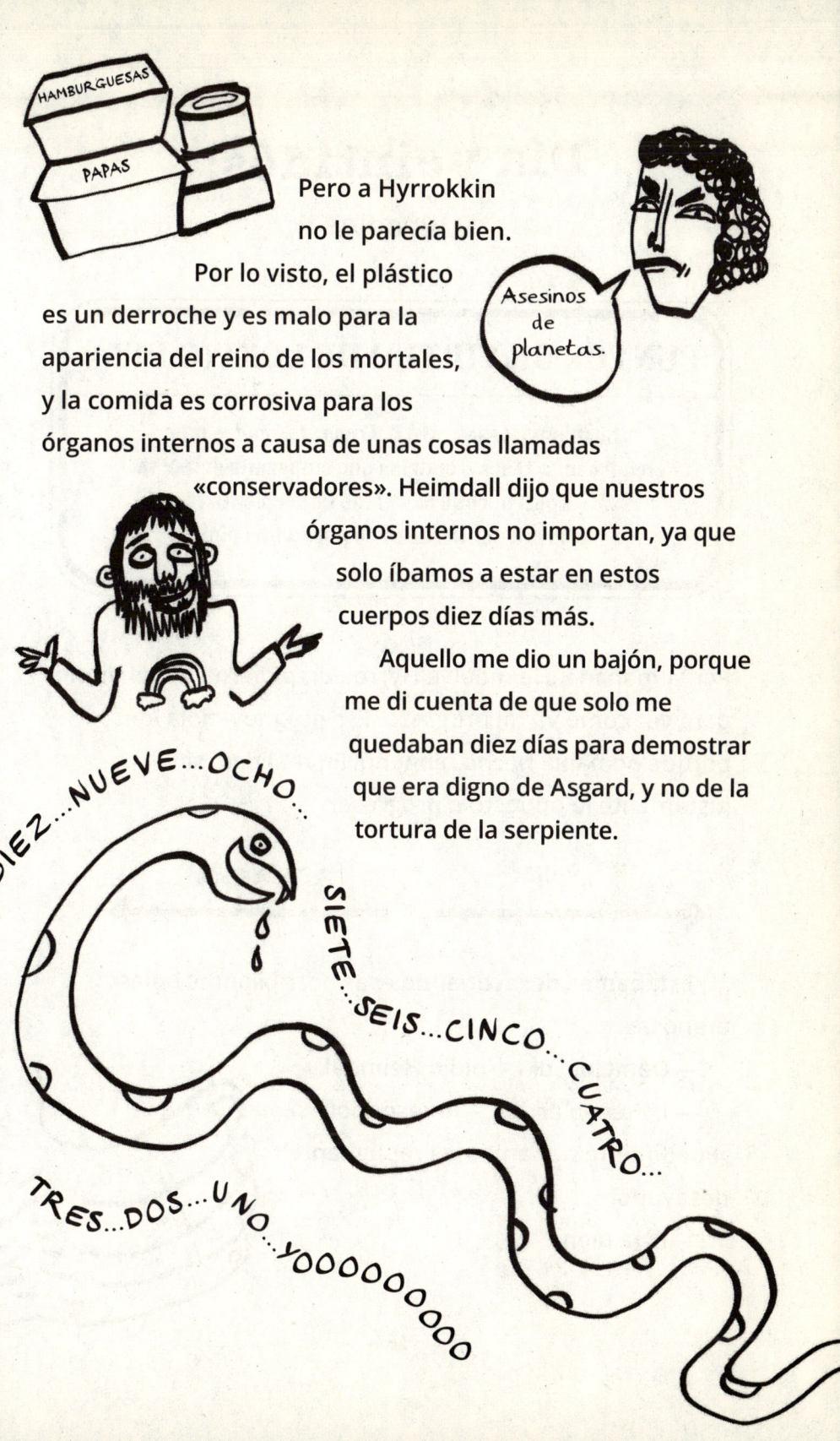

Día veintidós:

Miércoles

> **PUNTOS DE VIRTUD DE LOKI (O PVL):**
>
> Lo mismo. O sea, MAL. O sea, ay, madre mía, madre mía. O sea, tendrías que empezar a gritar ya, Loki, porque el veneno de serpiente correrá dentro de poco por tu fina piel.

Por la mañana, Heimdall e Hyrrokkin pidieron ver el diario para ver cómo va mi progreso. Eso era muy mala idea, porque no había hecho ninguno. En realidad, sí: justamente lo opuesto a progresar.

¡¡YO!!   PROGRESO

Estábamos desayunando esas horripilantes bolas arenosas.

—Dámelo, Loki —pidió Heimdall.

—Lo tengo arriba —le respondí—. ¿Puedo terminar antes mi repugnante desayuno?

—Está bien.

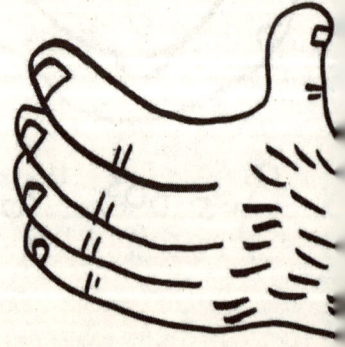

Cuando Heimdall me preguntó por el libro, la cara de Thor adoptó una extraña expresión.

—Bueno, bien sí, pero no genial, ¿no? —señaló Heimdall—. Tendrás que esforzarte más. A ver qué sugieren mis libros de cómo ser padres.

—Quizá puedas ofrecerte como voluntario en el refugio de animales —sugirió Hyrrokkin—. Cuidado con los hurones. Te arrancan la nariz de cuajo si los dejas.

—Claro. Me encantan los hurones —dije sin prestar mucha atención. Estaba intentando comprender qué tramaba Thor.

Cuando íbamos camino a la escuela, decidí preguntarle. Rara vez funcionaba lo sutil con Thor.

—¿Por qué me protegiste? —le pregunté.

Thor gruñó. Thor tiene muchos tipos diferentes de gruñidos. Esta vez, para mi sorpresa, era el de abajo del todo:

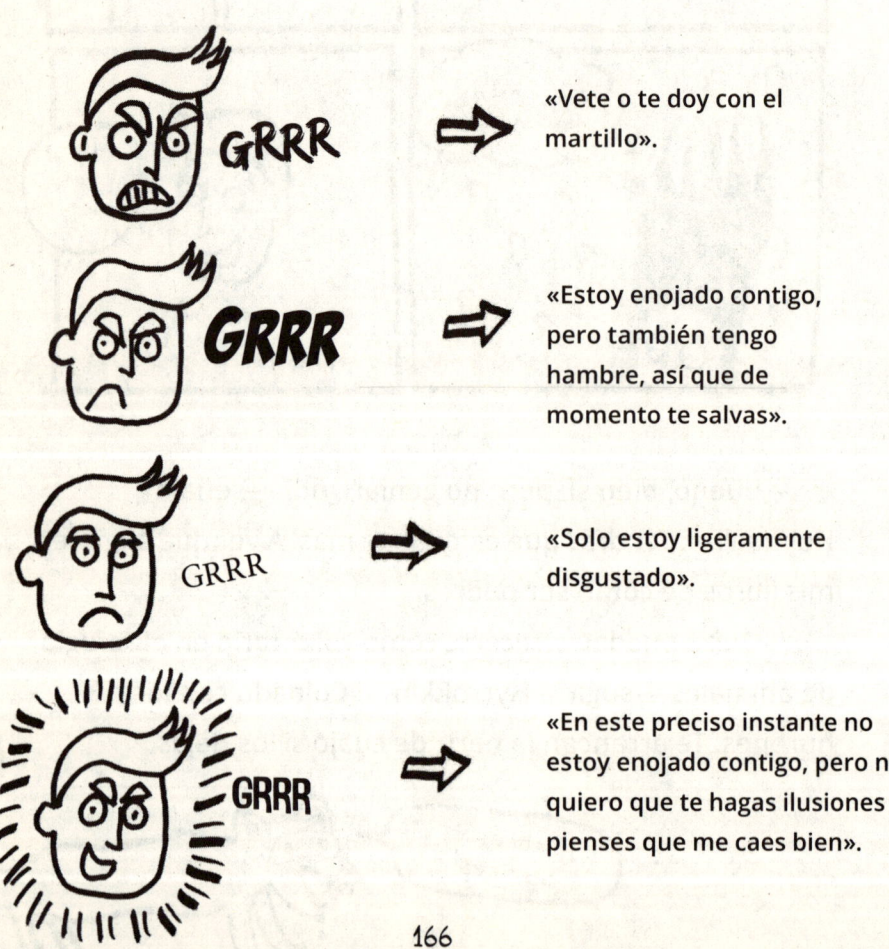

«Vete o te doy con el martillo».

«Estoy enojado contigo, pero también tengo hambre, así que de momento te salvas».

«Solo estoy ligeramente disgustado».

«En este preciso instante no estoy enojado contigo, pero no quiero que te hagas ilusiones y pienses que me caes bien».

¡ESTE DE AQUÍ!

—Creo que no te mereces ir a la caverna de la serpiente. No después de haber sido tan amable con Valerie —me explicó—. Me demostraste que todavía queda algo de esperanza en ti.

¿A pesar de que te entregué a los gigantes?

Thor asintió.

—Eso fuiste tú siendo tú —me dijo—, pero quizá puedas cambiar y ser mejor persona. Pienso que te mereces otra oportunidad.

Esto me provocó un montón de sentimientos muy confusos. Decidí meterlos todos bien al fondo de mi mente y hablar con Thor sobre cuál de los dos gigantes de hielo más famosos ganaría en una pelea.

Geología de mis pensamientos

Pero, después de una breve y animada charla, Thor empezó a preocuparse.

—No he visto ningún indicio de aquellos gigantes de hielo desde que... —me lanzó una mirada mordaz que decía: «Me traicionaste».

Tampoco había por qué preocuparse. Los gigantes de hielo no son mucho de tirar la toalla.

—Puede ser que hayan ido por refuerzos —sugerí.

Eso sí era de preocuparse preocuparse. Si hay algo peor que dos gigantes es todo un ejército de gigantes.

—¡Debo permanecer atento en todo momento! —exclamó Thor. Me miró con desconfianza—. Hum, ¿cómo puedo estar seguro de que no ERES un gigante de hielo disfrazado?

—No puedes —le respondí—. Es mejor que creas que soy uno y que me trates bien, por si acaso me da por atacarte.

En respuesta a eso, me echó al suelo y se tiró un pedo en mi cara. Empecé a arrepentirme de mi chiste. Bueno, las que se arrepintieron fueron mis fosas nasales.

Pero, por muy malo que fuera lo de los pedos de Thor (y son realmente repugnantes), era un paseo por las nubes en comparación con mi situación con los puntos. Hice cuentas y descubrí que, si cada día conseguía la misma cantidad de puntos que gané en mi mejor día, tardaría unos chorrocientos mil millones de años (eón más, eón menos) para demostrar una mejora general y evitar la condena en la caverna de la serpiente.

(No son unos cálculos muy precisos, pero estaba demasiado triste como para hacer cuentas).

Debía pasar a la acción sí o sí. ¡Tenía que ganar a lo grande! Una buena acción tan grandiosa que compensara el asuntillo de los gigantes y Thor.

La salvación me llegó de un sitio que jamás me hubiera imaginado: la asamblea.

Normalmente son los profesores quienes nos hablan, pero hoy vino un hombre muy apuesto, con un traje a la medida. Era un empresario de la zona. Me sorprendió que no hubiera venido a enseñarnos a ser tan ricos y exitosos como él, así que al principio me decepcionó.

En su lugar, nos dio una charla sobre la importancia de las organizaciones benéficas. Nos explicó lo bien que te hace aportar a la comunidad y hacer cosas por los demás.

—Nada de lo que puedas comprar sienta tan bien como hacer el bien —dijo.

De repente, el cuerpo me dio un respingo. Se me ocurrió una idea. Una cosa que elevaría mucho mi puntuación...

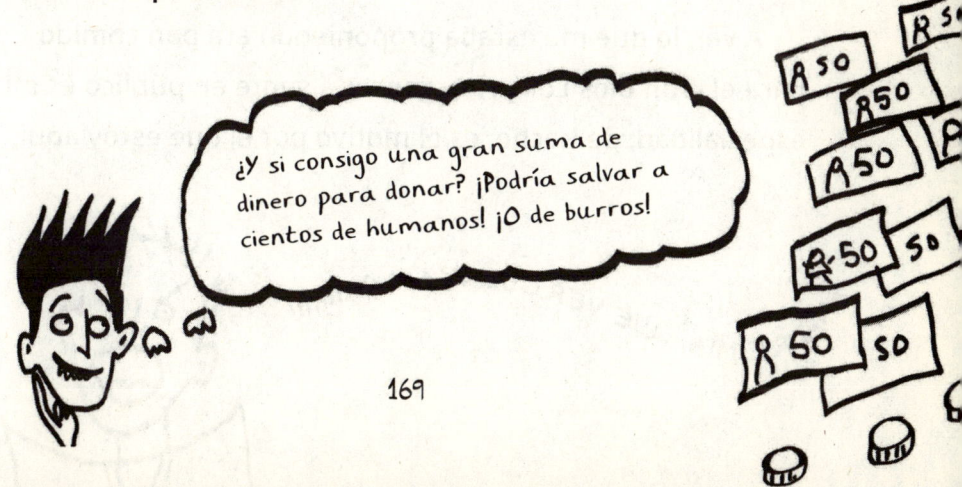

¿Y si consigo una gran suma de dinero para donar? ¡Podría salvar a cientos de humanos! ¡O de burros!

Me acerqué a Chico Violento 1 en el recreo.

—Me dijeron que eres muy rico. Yo soy muy listo. Te propongo hacer una buena parte de tu tarea a cambio de dinero, ¿qué te parece?

Echó la cabeza hacia atrás y se rio.

—Claro que sí, friki, tú haz mi tarea y yo prometo no darte una paliza —dejó de reírse.

Al parecer se le ocurrió una idea propia.

—Hay una cosa que puedes hacer por mí —continuó—, y si lo haces, yo te pagaré... No sé... Mucho dinero.

Tienes que convencer a Valerie para que haga en público algo muy vergonzoso. Las chicas tienen que ser guapas y no raras. Quiero que todos se rían de ella. Descubre tú cómo hacerlo.

A ver, lo que me estaba proponiendo era pan comido para el gran dios Loki. Avergonzar a gente en público es mi especialidad; de hecho, es el motivo por el que estoy aquí.

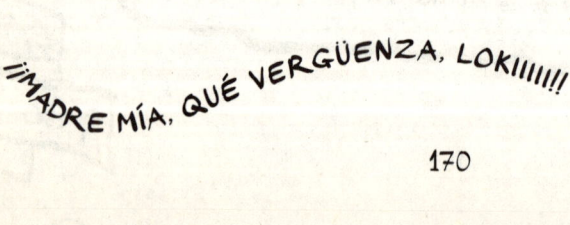

¡¡¡MADRE MÍA, QUÉ VERGÜENZA, LOKIIIII!!!

> Solo tengo que averiguar qué es lo que le da vergüenza a Valerie.

En el caso de la diosa Sif era su vanidad. En el de Valerie... seguro que no es la vanidad, pero lo sabré en breve. Porque soy Loki, el más astuto, el más listo, el que está a punto de conseguir un montón de dinero para donar.

—Trato hecho —le dije.

—Estupendo —sonrió Chico Violento 1—. Ya quiero verlo.

En la primera clase después de eso, vi a Valerie y me pregunté qué es lo que más vergüenza le daría. Después volvió a mi cabeza esa voz interior, insoportable total. Parecía venir de la misma parte de mí que aquel sentimiento de culpa tan agudo y doloroso.

> ¿Seguro que quieres hacerle eso? ¿Avergonzarla? ¿No crees que está MAL?

Sacudí la cabeza. «No —pensé—. Es solo una broma. Lo superará». Pero voy a poder donar tanto dinero a las organizaciones benéficas, que conseguiré chorrocientos mil puntos.

La voz se calló, pero noté que seguía ahí, juzgándome.

También estaba bastante preocupado por si estaba empezando a volverme loco. Fui a la computadora y busqué:

> ESTOY ESCUCHANDO UNA VOZ EN MI CABEZA QUE ME DICE QUE NO HAGA COSAS MALAS.

Así es como averigüé que la voz que estaba escuchando no era una alucinación, sino mi propia conciencia. Esto es nuevo para mí.

De todos modos, creo que me estaba aconsejando mal. Porque seguro que aquí lo importante es hacer algo a lo grande, que salve quizá cientos de vidas. ¿A quién le importan los pequeños actos de bondad, cuando hay un bien ENORME por hacer?

Loki, creo que tú mismo puedes responderte. ¡Ojalá escucharas un poco!

Creo que no me gusta esta voz. Voy a ignorarla. Conciencia, lárgate. No te estoy escuchando. Si intentas hablar, me taparé los oídos.

La cantidad de dinero que voy a donar será TAN GIGANTESCA que, casi con total seguridad, compensará cualquier travesura y todas mis fechorías.

> ESTO ES UNA MALA IDEA.

Disculpa, ¿qué decías? No te oigo. La, la, la, no oigo, no oigo, soy de palo.

En definitiva, tengo un plan buenísimo y es la mejor manera de librarme de un futuro eterno junto al veneno de serpiente. Y, después de todo, Valerie es una simple mortal. Aunque sea mi única amiga.

Pero ella me perdonará. Porque soy encantador, ¿verdad?

Eso parece poco probable. !

¿Cómo se apagan los comentarios en este cacharro? Eeeh. Bueno, voy a tacharlo todo...

Mucho mejor así.

Tachar las palabras no hará que dejen de ser ciertas. !

Además, no tiene pinta de que tu plan vaya a salir bien. Y creo que tu conciencia está intentando decírtelo. !

Tomo nota de tu queja. Queja denegada. Si tan lista es mi conciencia, debería aprender a hablar más fuerte, porque no puedo oírla por encima de mi voz cuando canto.

La, la, la, la.

No, estoy convencido de mi plan. Va a ser genial. ¡Me voy a salvar!

> **!** **Discrepo.**

¿Ya te dijeron que eres muy, muy aburrido?

> **!** **Soy una voz incorpórea inserta en un libro encantado. Nadie me dice nada.**

¡Me voy a dormir!

Día veintitrés:

Jueves

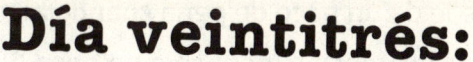

PUNTOS DE VIRTUD DE LOKI (O PVL):

Loki, creo que cada vez vas de mal en peor.

Estuve el máximo tiempo posible con Valerie, intentando averiguar qué podía avergonzarla. Había muchas cosas que a los demás le daban vergüenza y que a ella le importaban un pepino. Por ejemplo, llevar ropa que no combinara o echarse pedos en público. (Ella y Thor hoy hicieron un concurso de pedos en el recreo). ¿Qué le da vergüenza?

Parece que le da un poco de pena cuando alguien le presta demasiada atención, pero solo un poco. Para que Chico Violento 1 me dé el dinero, tiene que ser algo más gordo.

> Humillar a la gente está mal. Le harás daño.

No sabía qué responderle a mi conciencia, pero luego leí un poco de un libro de la biblioteca sobre cómo ser bueno que decía que el sacrificio (rendirse en algo, perder algo o soportar algo desagradable) forma parte de ser bueno.

Por tanto, si Valerie debe soportar algo desagradable durante un corto periodo de tiempo, seguro que lo entiende. ¡Es un sacrificio por un bien mayor!

Bueno, al menos es un bien mayor para mí, así que es sin duda el mayor bien del universo.

Día veinticuatro:
Viernes

> **PUNTOS DE VIRTUD DE LOKI (O PVL):**
>
> Los mismos, pero..., de verdad te lo digo...: este plan NO es el mejor.

Tonterías. Pues claro que sí. Es brillante. ¡Cállate, diario! Hoy, en clase de Música, cantamos un canon a tres voces, que consiste en que alguien empieza a cantar una canción, luego se suma otra persona y luego otra. Dada la calidad vocal de algunos de mis compañeros, básicamente fue una auténtica tortura.

Pero una de las voces era la peor de las torturas: la de Valerie. Imagínate el grito de un papagayo mezclado con el de una persona que lleva horas vomitando y en el estómago ya solo le queda la bilis, pero aun así sigue teniendo arcadas. Pues eso solo es la mínima parte del verdadero y horroroso sonido de la voz de Valerie.

Pero aquello no era nada en comparación con lo que pasó después: al final de la canción, Valerie fue la última en terminar su parte del canon. La expresión de su cara mientras cantaba sola delante de toda la clase era exactamente lo que buscaba Chico Violento 1. Tanto la expresión como el hecho de que Valerie se pusiera a llorar y se fuera corriendo del salón.

Lo único que tengo de hacer es ver cómo hacerla cantar delante de un gran grupo de gente.

Por la tarde, Heimdall estaba otra vez con sus libros sobre crianza.

No entiendo qué tiene de bueno lo de ser varonil. Por lo visto, tanto los dioses de Asgard como los humanos de Midgard comparten esta extraña obsesión. ¡Es ridículo! Para empezar, ser masculino es sencillamente cualquier cosa que se haga como hombre. En segundo lugar, considerarme a mí un hombre es una tontería. (Me convertí en una yegua, ¿te acuerdas? Y lo que me queda por contar de historias de ese tipo...).

Me fui corriendo a mi habitación y me hice el dormido para evitar que Heimdall me diera otra vez un sermón sobre cómo tenía que cambiar mi personalidad enterita y convertirme en mejor persona. En realidad, estuve jugando con el teléfono. Descubrí que hay unos minijuegos en mi celular igualitos a los de la computadora de Heimdall. ¡Qué cool!

Bueno, me está dando sueño. ¿Una última partida? Hay unos cuantos zombis en el teléfono a los que todavía no se los comen las plantas...

Día veinticinco:
Sábado

PUNTOS DE VIRTUD DE LOKI (O PVL):

Se mantiene en: «Ay, cielos».

Dormí hasta tarde y me desperté con el sonido de Thor y Heimdall en batalla. Al menos eso me pareció al oír sus gritos feroces. En realidad estaban gritándole a una caja que había en la esquina de nuestra sala diminuta. Por lo visto, la caja era una tele nueva: una máquina que puede mostrar cualquier historia o evento emocionante que suceda en el mundo, pero Thor y Heimdall eligieron ver a mortales pateando una pelota en un campo de pasto. ¡Pensaba que estaba a salvo de los deportes dentro de mi propia casa! Pero no. Al parecer, ¡los humanos ponen esta tortura en todas las casas del mundo!

Y, además, una parte importante de ver deportes en la tele consiste en gritarle al aparato unas palabras muy raras.

Viendo su absurdo y total delirio, no tenía nada que hacer con ellos. Así que fui a ver qué hacía Hyrrokkin. Estaba cuidando a sus serpientes, revisando la temperatura de su terrario de cristal, mientras Fido roncaba a sus pies.

—Son preciosas, ¿verdad? —me dijo mientras las criaturas reptaban y siseaban—. Creo que cuando vuelva a casa dejaré de usarlas como riendas. Las voy a liberar y, cuando Fido vuelva a ser un lobo, le regalaré unas riendas nuevas.

Es cierto que las serpientes son unas criaturas hermosas. Pero lo de pasar mi futuro inmediato en una tortura eterna de serpiente hace que ya no me gusten tanto. Hice la cuenta de los días que me quedaban en la Tierra. ¡Solo seis! A partir de ahí, todo va a ser un tremendo asssco. Debe de ser que estos pensamientos hacían que tuviera una cara horrible, porque le di lástima a Hyrrokkin y me sacó para comprarme una sorpresa. A los mortales les gustan las sorpresas. Esto es porque no celebran banquetes a diario, pobrecitos (y, desde que estoy aquí, pobre de mí).

Hyrrokkin me compró un helado, y tengo que decir que es un alimento casi tan rico como los de Asgard. Los festines de Asgard son estupendos, pero se basan más que nada en carne asada de varios tipos, con alguno que otro pastel de miel. Cuando vuelva, voy a presentarles a los dioses el concepto de helado.

Si es que vuelvo.

Aún tengo que ver cómo usar la debilidad de Valerie en su contra y de la manera más humillante posible. Así conseguiré regresar a Asgard, ¡y pasaré un futuro con helados y felicidad para siempre!

Corrección: de verdad te digo que no será así. !

No lo puedo creer: ahora mi diario y mi conciencia se aliaron contra mí. No los voy a escuchar. Si no los oigo, no pueden hacerme daño.

Bien, ignóranos. Pero seguimos teniendo razón.

Así es. !

No los oigo. Estoy durmiendo.

Día veintiséis:
Domingo

PUNTOS DE VIRTUD DE LOKI (O PVL):

Me parece que ni siquiera estás leyendo esto. ¿No es así, Loki? No sé para qué me molesto.

Le pregunté a Valerie si le gustaría hacer algo. Como soy un astuto estratega, pensé que, antes de pedirle que hiciera algo por mí, yo tendría que hacer algo por ella. Esto es psicología inteligente, porque los humanos suelen pensar que si haces algo por ellos, te deben algo. Las únicas razones por las que querría pasar tiempo con ella son la manipulación y el engaño. Yo no les mendigo a los mortales compañía ni aprobación.

Mi cerebro

Un cerebro normal

! Sí, claro.

Ejem. Cuando me confirmó que nos veríamos, me puse supercontento (por el éxito de mi artimaña,

¿okey?) y le dije que eligiera ella qué hacíamos. Eligió ir a ver al caballo que monta a veces. Fuimos a un sitio que estaba cerca de donde Thor y yo bajamos por el puente del arcoíris. Los establos no eran muy diferentes a los que había hace miles de años. Pese a que la tecnología humana ha cambiado a lo largo del tiempo, el olor a caca de caballo no ha variado en lo más mínimo.

Da la casualidad de que soy muy bueno con los caballos, porque una vez fui uno. Valerie sonrió al verme acariciar al caballo, que empezó a frotar su hocico contra mi mano.

Mentira detectada.   !

¡Cállate!

Día veintisiete:

Lunes

> **PUNTOS DE VIRTUD DE LOKI (O PVL):**
>
> Igual. Una pena. Aunque ayer hiciste algo bonito por Valerie, el hecho de que lo hicieras motivado por algo malo lo anula por completo. Esto va a terminar muy mal.

¡Hoy encontré la respuesta a todos mis problemas! Este diario no tiene NI IDEA. Les cuento yo mejor cómo pasó...

Entre clase y clase, estuve dando una vuelta por los pasillos de la escuela y, mientras paseaba, empecé a canturrear una vieja canción de mi verdadero hogar sobre destrozar gigantes. Oí un grito detrás de mí.

Al darme la vuelta vi que era la profesora de Música.

—Liam, ¡tienes que inscribirte en mi concurso de talentos! —me dijo acercándose con un folleto como si fuera una lanza afilada—. ¡Tienes una voz maravillosa!

A ver, yo no tenía ninguna intención de participar en ese estúpido concurso de mortales. Sería demasiado fácil para mí y no merecería mi esfuerzo.

Pero se me ocurrió una idea brillante.

—Iré encantado —le dije a la profesora, agarrando el papel con una sonrisa—. Ya sé con quién puedo hacer el dueto perfecto.

Por desgracia, mi primer intento de convencer a Valerie para que participara en el concurso fue un completo fracaso.

Necesitaba una estrategia distinta, más astuta.

—Es una lástima que no quieras apuntarte al concurso de talentos. Me encantaría participar en esta clase de cultura infantil tan importante en la Tierra, pero me da miedo presentarme solo.

Intenté ocultar el brillo de bribón pícaro que tenía en los ojos.

—Vaya —dijo pensándolo bien—. Para ti es muy importante que experimentes toda la cultura terrestre, para que puedas contarle a tu gente que somos buenos y que no tienen por qué invadirnos.

—Sí, eso es —le dije—. Esto haría que la invasión fuera MUCHO menos probable.
—Entonces lo HARÉ. Siempre y cuando me prometas que lo haremos juntos.
—Por mi honor como habitante del planeta Zarg.

Por la tarde, Heimdall me acorraló con sus libros de crianza.
—Aquí dice que a las familias les va muy bien pasar tiempo de calidad juntos. Yo, como hombre de la casa, he de representar un modelo masculino fuerte para mis hijos.

> No somos una familia. Tú no eres mi padre. Yo no soy tu hijo. Y no siempre soy hombre.

—Bah, detalles sin importancia —señaló Heimdall—. Esta noche pasaremos tiempo de calidad jugando a la pelota en el patio.

—Parece más bien algo que se hace con un perro —le expliqué.

Heimdall frunció el ceño y le echó un vistazo a su libro.

—Hum... Dice que debo castigar a mis hijos si son impertinentes.

Decidí intentar una cosa.

—Tienes cara de caca —dije.

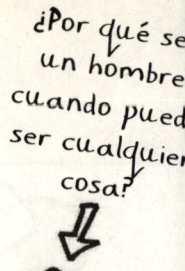

¿Por qué ser un hombre cuando puedes ser cualquier cosa?

¡Vete a tu cuarto y no salgas!

¿Viste? ¡Funcionó! Pude pasar toda la tarde jugando con el teléfono, descansando a veces para ver videos de animales haciendo cosas de humanos.

Y ahora que estoy aquí sentado me doy cuenta de una cosa. El juramento que le hice a Valerie sobre que iba a cantar con ella lo hice por un planeta que no existe. Por tanto, no hice un falso juramento.

¡Odín estaría orgulloso de mí!

¡Soy un crack!

Corrección: Odín no estaría orgulloso. !

Bueno, pues entonces Odín no tendría nada que objetar. ¿Mejor? De todos modos, mi plan funcionará, y voy a ganar tanto dinero para donar que conseguiré un millón de puntos, y entonces Odín sí que ESTARÁ orgulloso. Volveré a Asgard y todo volverá a ser genial.

> Loki, creo que te estoy perdiendo...

¿Qué dices? ¿Que puede que sea incluso... mejor de lo que era antes? ¿Que tal vez Odín va a ser más simpático conmigo? ¿Y que Thor estará encantado conmigo? ¿Y que todo el mundo me llevará en hombros y gritará «¡LOKI, LOKI, LOKI!»? ¿Y que nadie actuará como si yo no perteneciera al grupo o como si yo fuera un pedazo de caca que se quitan de la suela del zapato después de sacar a pasear a los lobos de Hyrrokkin?

Día veintiocho:
Martes

> **PUNTOS DE VIRTUD DE LOKI (O PVL):**
>
> Pierdes 50 puntos por llamar cara de caca
> a Heimdall. En cuanto al total, de verdad,
> es deprimente incluso para mí que soy un no ente.

¡El concurso de talentos es mañana! Valerie está muy nerviosa. Yo no, claro, porque no me pongo nervioso. ¡Soy un dios! ¡Soy Loki!

No obstante, tengo el estómago así así. Los cuerpos mortales son tontísimos.

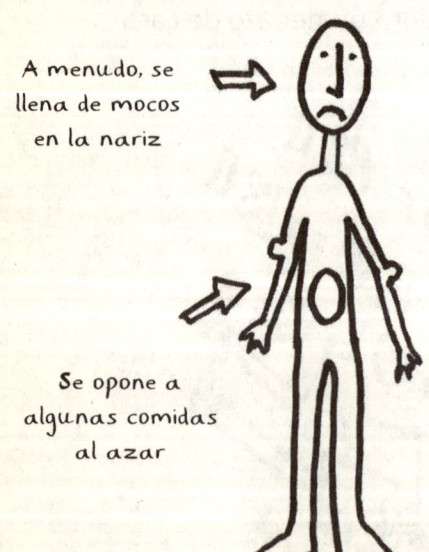

A menudo, se llena de mocos en la nariz

Se opone a algunas comidas al azar

También tengo una extraña sensación en el pecho, como si tuviera hormigas y arañas por dentro. Quizá me contagié de alguna enfermedad humana.

Al fin y al cabo, no tengo motivos por los que estar nervioso. ¡Solo los tiene Valerie! En primer lugar, me encanta actuar: suelo cantar y recitar poesía en los salones de Odín. Pero, en segundo lugar, ¡ni siquiera voy a cantar yo!

Como preparación para mi gran plan, empecé a toser en clase de Inglés.

Le aseguré que estaría más que recuperado. (En realidad, seré el orgulloso dueño de miles de millones de puntos gracias a mi inmensa donación a la organización benéfica).

—Estaré allí contigo, a tu lado —le dije. Y técnicamente era verdad. Estaré al lado de ella, y con ella, en el sentido de en la misma sala..., aunque no en el escenario.

—Qué nerviosa estoy —me susurró.

Esto me produjo otro extraño sentimiento. No eran nervios, sino culpa. También provocó que esa estúpida voz de mi conciencia empezara a hablarme de nuevo, y alto y claro esta vez.

No deberías hacerlo. Vas a herir sus sentimientos.

—¡Shhh! —le dije a la voz—. Este es el plan. Es un buen plan. Es el mejor plan.

Después de todo, soy Loki. Mis planes son los más ingeniosos del mundo. Lo tenía claro, totalmente claro: todo iba a salir bien. Todo iba a salir de maravilla.

> ! **Es poco probable. Todo tendría más probabilidades de terminar bien si le hubieras prendido fuego a tu propia cabeza.**

En general, la escuela era causa total de desesperación. Aunque soy un dios, nunca comprendí el verdadero significado de la eternidad hasta que tuve que sentarme en clase de Ciencias. ¿Por qué los profesores humanos creen que es buena idea enseñarles a niños de once años cómo crear explosivos? No me lo explico. Y lo que es realmente espeluznante es que consigan hacer que los explosivos sean ABURRIDOS. Bah.

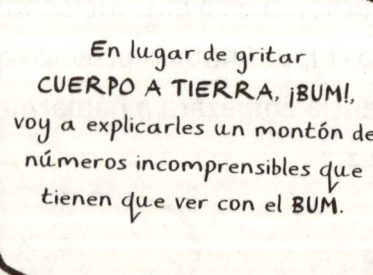

En lugar de gritar CUERPO A TIERRA, ¡BUM!, voy a explicarles un montón de números incomprensibles que tienen que ver con el BUM.

Valerie y yo ensayamos nuestra canción al salir de clases. Después de tener a Valerie cantando al lado, sigo sin notar la parte interna de mi cabeza. Pero supongo que para alcanzar la verdadera virtud hay que sufrir algún dolor. Pues yo he sufrido UN MONTÓN, así que debo ser ya supervirtuoso.

Le sugerí que ensayáramos por separado un rato y le envié un montón de mensajes alentadores desde una distancia prudente: mi casa.

¡Sigue así! ¡Ya lo tienes!

Acaban de venir los vecinos para quejarse.

¡Bola de filisteos!

¿Qué es un filisteo?

¿Conoces a mi hermano Thomas? Pues así. Gente que no reconoce lo bueno que tiene delante.

No sé si oírme a mí es algo bueno.

¡Bobadas!

Entonces ¿por qué estamos ensayando en distintas casas?

Porque es muy importante que cada uno conozca bien su parte.

Eso, querido lector, era mentira. He de confesar que luego me sentí un poco mal. Claro que también puede haber sido porque Heimdall cocinó, pues pensó que yo podría mejorar moralmente si él me alimentaba mejor. Por eso me está obligando a zamparme sus repugnantes mejunjes en cada comida, aunque ya le expliqué que cuando como papas fritas estoy más contento que cuando como sus bazofias.

Cuando Valerie me escribió para decirme lo nerviosa que estaba, tuve una sensación aún peor en el estómago, y la voz volvió a hablarme.

> Todavía estás a tiempo de cambiar de opinión. Sabes que esto acabará mal.

Puse la música muy alta en mi habitación para ahogar la voz de la conciencia.
—¡Bájale a eso! —gritó Heimdall desde abajo.
Qué valor tiene de decirme que no haga ruido yo, ¡cuando él está pegando gritos!

De todos modos, bajé el volumen. No podía arriesgarme a hacerlo enojar demasiado cuando estaba tan cerca de mi victoria...

Me fui a dormir y soñé que era un caballo.

Día veintinueve:
Miércoles

PUNTOS DE VIRTUD DE LOKI (O PVL):

Se mantiene... de momento...

En cuanto al sueño de anoche, ¿te conté ya lo de cuando fui un caballo? Recuérdame que te cuente la parte en que di a luz a un potrillo de ocho patas, y que se lo regalé a Odín. Te lo juro!

! **Confirmo de mala gana que, efectivamente, es una historia real, por disparatada que suene.**

Pero hoy no es el día para contar esa historia. Todo tiene que salir fenomenal, así que tengo que concentrarme.

Las clases estaban siendo más irritantes de lo normal. Yo me encontraba rechinando los dientes, deseando que pasara el tiempo con unos nervios tremendos. Quería que llegara la tarde. No, no quería que llegara. Quería que ya hubiera llegado y que ya se hubiera ido. Quería que terminara.

No por temor a lo que iba a hacer, claro que no. Porque iba a hacer Una Cosa Buena. ¡Iba a salvar bebés! O... UPS, no me acuerdo a qué destina el dinero la organización benéfica a la que voy a entregar la donación. Pero seguramente es para salvar bebés. O adultos. O tities en peligro de extinción.

Tras un millón de años (aproximadamente), llegó la hora de comer. Era el momento del concurso de talentos y de que todos los artistas se reunieran en el *backstage*. Valerie y yo íbamos primero. Curiosamente, estaba nervioso. Y Valerie también, claro. Estaba en una esquina mordiéndose el labio. Me acerqué sigilosamente hacia donde estaba ella.

Sentí un pálpito suave en el pecho. Seguro que eran nervios por si mi brillante plan no funcionaba.

—¡No puedo hacerlo sola! —murmuró Valerie.

—¡Vamos, Valerie! —dijo una profesora—. Liam está enfermo, así que... ¡podrás hacer un solo! ¡Qué emocionante!

Es increíble que los profesores, que se supone que tanto saben, a veces estén tan ciegos.

Empujó a Valerie al centro del escenario, totalmente sola. Le di Play para que sonara el acompañamiento instrumental, y Valerie empezó a cantar. Si es que a eso se le puede llamar cantar.

Durante la primera estrofa de la canción la gente estaba completamente en silencio. Pero luego empezaron las risitas. Los profesores estaban callando a todo el mundo, pero no podían pararlo.

—¿Qué es eso? —gritó Chico Violento 1—. ¿Un alce? ¿Quién está matando a un alce?

—No lo sé —dijo Chico Violento 2—. Pero, sea lo que sea, ¡creo que se está retorciendo de dolor!

En el escenario, Valerie empezó a temblar de vergüenza.

Yo tendría que haber sentido una ráfaga de deleite y gloria. Había conseguido lo que quería. Pero me sentí vacío. La voz volvió otra vez.

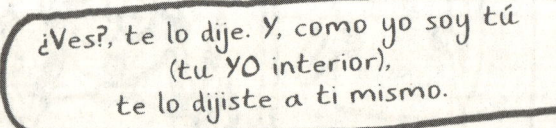

¿Ves?, te lo dije. Y, como yo soy tú (tu YO interior), te lo dijiste a ti mismo.

Al terminar, Valerie bajó corriendo del escenario llorando a moco tendido.

Me reuní con Chico Violento 1 en los vestidores. Me dio una palmada en la espalda.

> Bien hecho, compañera. Fue mucho más gracioso de lo que me imaginaba.

Me entregó una bolsa que contenía más dinero terrestre del que había visto en toda mi vida. Pesaba tanto, que casi no podía levantarla.

—¡Un gusto hacer negocios contigo! —dijo cuando me iba de los vestidores.

Afuera me estaba esperando Valerie.

Miró mi bolsa de dinero. Luego miró cómo Chico Violento 1 salía de los vestidores. Le dirigió una sonrisa maliciosa a Valerie.

> ¿Piensas presentarte en uno de esos concursos de la tele?

—O quizás un documental de fauna y naturaleza sea más tu rollo, ¿no? —añadió antes de irse dando zancadas y riéndose para sí mismo.

Por primera vez en mi larga, larga, larga vida, no se me ocurrió ninguna mentira. Lo único que pude hacer fue quedarme ahí, mirándola fijamente.

> Pensaba que eras un alienígena bueno. Pero eres... ¡UN IMBÉCIL ASQUEROSO Y EGOÍSTA!

—Lo siento. Quería hacer algo bueno —dije. Noté cómo se me hacía un terrible nudo en la garganta. Valerie no estaba entendiendo nada. No me estaba entendiendo a MÍ. Mi objetivo no era lastimarla, ¡sino hacer algo bueno!

—Voy a donar todo este dinero, ¿sabes?

> Soy un alienígena BUENO.

—Seas del planeta que seas, eres un amigo terrible —me contestó Valerie—. Que te vaya bien en la vida. Pensé que podías ser una buena persona, pero me equivoqué. Adiós.

Se largó y me dejó allí, pasmado con la bolsa de dinero. Llegó Thor.

—¿Qué pasó? —me preguntó—. ¿Por qué no cantaste con ella?

Me senté en el suelo, con la sensación de no tener aire en los pulmones.

Thor me lanzó una mirada asesina.

—Le tendiste una trampa, ¿verdad?

Señalé la bolsa de dinero.

—Todo era para conseguir dinero y donarlo.

Thor exhaló y cerró los ojos.

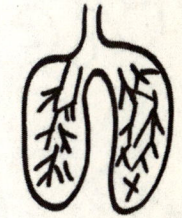

—Ay, Loki. De verdad pensaba que se podían tener esperanzas en ti. Pero no —sacudió la cabeza—. Espero que disfrutes de tu eternidad con la serpiente.

En ese momento me di cuenta por completo de lo que me pasaba por la cabeza... durante la última media hora.

Cometí un terrible error.

Cometiste un terrible error.

Día treinta:
Jueves

PUNTOS DE VIRTUD DE LOKI (O PVL):

Si quieres saberlo...
Menos dos millones.
Pero no digas que no te lo advertí.

Al día siguiente, la escuela fue como una gran caca de vaca. Valerie no me hablaba. Le escribí, pero no me respondió.

Lo siento, Valerie. ¿Me perdonas?

¿Valerie?

Lo siento mucho, de verdad.

¿Valerie? ¿Holaaa?

Cero respuestas. Me rendí después de un rato. Aquello era penoso.

¿Cómo iba a saber yo el dolor que es capaz de causar una pantalla que no tiene siquiera ni cuchillas ni veneno?

El hecho de que en mi teléfono no sonara ninguna notificación para mostrarme una respuesta de Valerie me entristeció más que aquella vez que me cosieron la boca por haber perdido una apuesta con unos enanos. (Es una larga historia en la que hay un barco que cabe en un bolsillo, un martillo mágico y yo escapando de una decapitación. Ya te contaré más cuando esté menos triste).

Además de que Valerie me ignoraba, lo único que Thor me dijo fue:

—Avísame cuando quieras que llame a Odín para poner fin a todo esto.

Lo que, como se pueden imaginar, no me animó precisamente.

Tenía la cabeza hecha un lío y seguía intentando buscar maneras para recuperar mis puntos. Pero había caído tan, pero tan bajo, que ¿qué podía hacer? Cuando vi la mirada de Valerie al pasar por el vestíbulo, supe que le había hecho una cosa tan espantosa que no había forma de que hiciéramos las paces. Ni siquiera con un millón de pesos para donaciones.

Al menos eso mejoraría la vida de alguien, aunque no me ayudara a mí.

Estaba perdido totalmente.

Chico Violento 1 se me acercó durante la comida y me dio una palmada en la espalda.

—Oye, ¡qué CARA puso! Ojalá le hubiera sacado una foto —dijo.

—¿Sí? —le pregunté. Tenía la voz llena de un cansancio milenario. ¿Cómo pude pensar que hacer negocios con este bárbaro imbécil me traería algo bueno? Creí que era un plan astuto, pero fue el colmo de la estupidez. Había ayudado a un tipo cruel a lastimar a alguien.

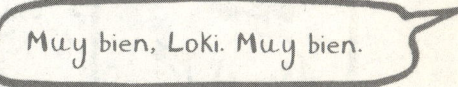

Me fui sin molestarme en despedazarlo verbalmente siquiera, como el inútil desperdicio humano que era.

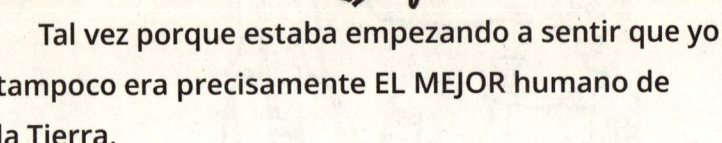

Tal vez porque estaba empezando a sentir que yo tampoco era precisamente EL MEJOR humano de la Tierra.

Tras una clase de Artes Plásticas en la que tuvimos que crear manualidades a partir de comida deshidratada de humanos, intenté acercarme a Valerie para pedirle perdón como es debido. Me ignoró y echó a correr por el pasillo. La seguí a una distancia prudente y la vi esconderse en el clóset de los juegos, donde están todas las pelotas de futbol y otras baratijas absurdas.

Sabía que a mí no me iba a escuchar, así que miré a ambos lados y me aseguré de que nadie estaba observando. Luego me transformé en una niña humana para que no supiera que era yo y me corriera.

Oía llorar a Valerie.

La curiosidad era más fuerte que sus lágrimas.

—Soy nueva. Me llamo... —traté de encontrar un nombre adecuado, mientras miraba fijamente la puerta del armario—. Puerta. Berta, quiero decir. Escuché a alguien llorar y vine a ver si estaba todo bien.

—Pues no mucho, la verdad —dijo Valerie. Cuando salió del armario, tenía los ojos muy rojos y le salían pelos sueltos de las trenzas.

—¿Qué pasó? —le pregunté.

—Fue un chico. O más bien varios chicos —respondió. Caminamos por el pasillo—. Bueno, realmente uno de ellos es una ESPECIE de chico.

—Parece un chico interesante —indiqué. El corazón me latía con más fuerza de lo normal.

—Lo odio —soltó Valerie.

Sentía que se me iba a salir el corazón y que caería de golpe contra el suelo.

—Pensaba que era mi amigo, pero luego me hizo una cosa horrible —continuó.

—Lo siento —contesté.

—No es culpa tuya —dijo, encogiéndose de hombros.

—A lo mejor lo hizo sin querer —sugerí.

> Puede que intentara hacer algo bueno, pero no supiera qué era bueno y qué no.

—No creo que sepa qué es lo bueno ni aunque se lo pongan delante de las narices —gritó—. Es simplemente... Es un egoísta. No es como los abusones de por aquí, que disfrutan siendo crueles con la gente.

> Pero su egoísmo lo hace cruel.

—Eso suena... mal —admití.

—Bueno, gracias por escucharme. Está bien saber que no todo el mundo en esta escuela es asqueroso. Me voy a clase.

Asentí y la dejé marcharse.

¿Era imaginación mía o vi a la gata mirándonos?

Seguro que no. Eso sería ya nivel Thor de paranoia.

Día treinta y uno:
Viernes

PUNTOS DE VIRTUD DE LOKI (O PVL):

1000 puntos más por ser bueno con Valerie. Pero sigues estando en la miseria. ¿Cómo vas a salir de esta, listillo? ¿Eh? ¿Eh? Ah, no estás escuchando, ¿verdad? Porque estás demasiado enredado en tu propia pena. Bueno, pues hoy es el día decisivo. Un punto de inflexión. Gana o pierde. Vence o muere. Y ya sabes que será... ¡tu último día antes de la eternidad! Aprovéchalo. O ríndete de una vez.

Pues ya está. Listo. Mi último día en la Tierra. Me parecía especialmente cruel pasarlo en la escuela. Por supuesto, Valerie no me hablaba. Chico Violento 1 seguía mirándome con esa sonrisilla de satisfacción, como si fuéramos amigos. Me pregunté si, como yo ya estaba condenado, podría hacerle algo horroroso antes de irme. Pero ni siquiera pensar en eso me animó. De hecho, con solo imaginarme hacer otro acto cruel (incluso a alguien que se lo merecía de manera tan cristalina), me mareaba más que alegrarme.

Las clases se habían convertido en una mancha de aburrimiento y desesperación. Me exprimí el cerebro para encontrar algo que pudiera salvarme, pero no se me ocurrió nada.

Al llegar a casa después de clases, volví a descubrir el horror de los horrores: Heimdall se había comprado otro libro sobre crianza. Como si aquello fuera a salvarme.

—En este libro dice que las familias que practican actividades de ocio placenteras son superiores a las familias que no —dijo Heimdall dando golpecitos en el libro—. Así que esta noche vamos a jugar boliche.

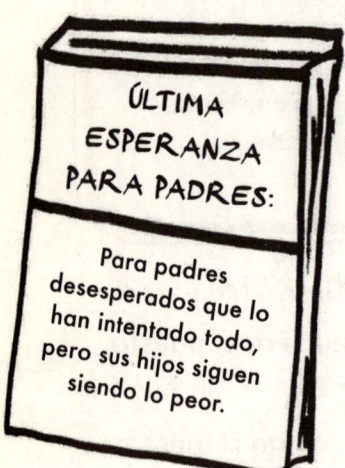

—¿Qué es el boliche? —preguntó Thor.

—Consiste en derribar unos pinos tirándoles una pelota. Todo ello usando unos zapatos prestados —explicó Heimdall.

Aquello me sonó estúpido, pero una minúscula parte de mí estaba contenta por hacer algo juntos.

Hoy no disfrutaba estar solo con mis pensamientos. Normalmente mis pensamientos son lo mejor y lo más inteligente del mundo. Pero justo ahora eran más bien:

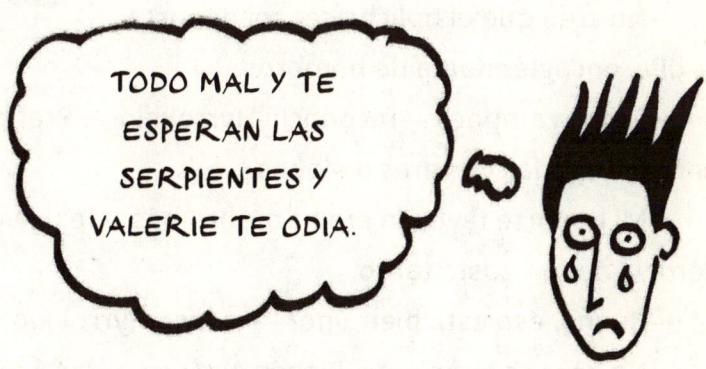

El juego en sí era bastante repetitivo y tedioso y, por supuesto, a Thor se le daba de maravilla. Era PERFECTO. De hecho, rápidamente convirtió el marcador en un «MarcaThor».

Era todo demasiado parecido a la realidad, dada mi actual situación con los puntos. Tal vez Odín me estaba enviando un mensaje a través del marcador. O quizá simplemente se me daba fatal el boliche, igual que se me daba mal ser bueno.

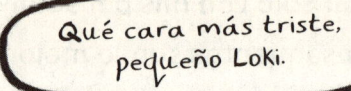

—No creo que el boliche sea mi deporte —dije, encogiéndome de hombros.

—El mío tampoco —reconoció Hyrrokkin—. Prefiero la halterofilia y las carreras de lobos.

—Mi deporte favorito era hacer bromas —le dije—. Pero ya no me gusta tanto.

—Bueno, eso está bien, ¿no? —replicó Hyrrokkin.

—No sé si es suficiente. Pienso que voy a fracasar en el reto de Odín, y que voy a ser condenado al castigo eterno.

No sé por qué, pero la enorme cara seria de Hyrrokkin me hizo querer ser sincero por primera vez. Empecé a hablar y no podía parar: era como vomitar palabras.

—Creo que lo estropeé todo —admití—. No me quedan puntos ni amigos ni más oportunidades para hacer bien las cosas. Entonces, ¿para qué todo esto? Creo que debería llamar a Odín y decirle que le ponga fin ya.

No quería decirlo. Simplemente se me escapó.

Al principio, Hyrrokkin no dijo nada. Y luego me explicó:

—Cuando era una joven giganta en Jotunheim, conocí a una giganta que se parecía un poco a ti. Era una embustera que deseaba ser diosa. Sentía que todo estaba en su contra y que todo lo que quería no se encontraba a su alcance. Estaba enojada, y arremetía verbalmente contra la gente y se creaba enemigos constantemente. Un día tuvo la oportunidad de hacer algo bueno. Sabía que seguramente no cambiaría nada, pero lo hizo de todos modos. Yo estaba afuera, en el hielo, con mi lobo (por aquel entonces era un cachorrillo), y el hielo empezó a resquebrajarse. Ella me vio pedir ayuda a gritos, saltó por encima del hielo y me sacó justo cuando me caí al agua helada. Ella no lograba ningún provecho de aquello, pero a mí me salvó la vida. Y, aún más importante, salvó a mi cachorro.

Entrecerré los ojos.

—¿Vas a decirme que era mi madre, y que está en mí hacer el bien, aunque yo no saque ningún provecho de ello? —le pregunté.

—¡Mira que eres egocéntrico, pequeñín! —dijo Hyrrokkin entre risas—. No todo el mundo está emparentado contigo ni todo gira en torno a ti. Hay miles de gigantes que nunca han escuchado tu nombre, y que desde luego no son tu madre. Pero da igual si tu madre era una buena persona o no. El bien no tiene por qué correr por tus venas para que seas bueno. Solo debes portarte bien —me dio una palmadita en la espalda que casi me tumba como a los bolos. Luego me dejó allí, solo, escuchando el estruendo de las bolas al chocar contra los pinos y tristísimo conmigo mismo.

Entonces noté que me vibraba algo en la pierna. ¡Mi teléfono!

Me descubrieron. Me tienen secuestrada. Al parecer, los extraterrestres malos no entienden de teléfonos, así que no me impidieron que te envíe este mensaje. Todavía te odio, por cierto. Dicen que les arruiné los planes y que se van a vengar de mí terriblemente. Ven y sálvame, si es que sirves para algo. Trae tu nave espacial o algo. Estoy en el gimnasio.

P. D.: TODAVÍA TE ODIO.

P. D. 2: Si muero, por favor, asegúrate de que mis madres sigan yendo a los establos para cuidar de Rusty.

Fui corriendo a decírselo a Thor.

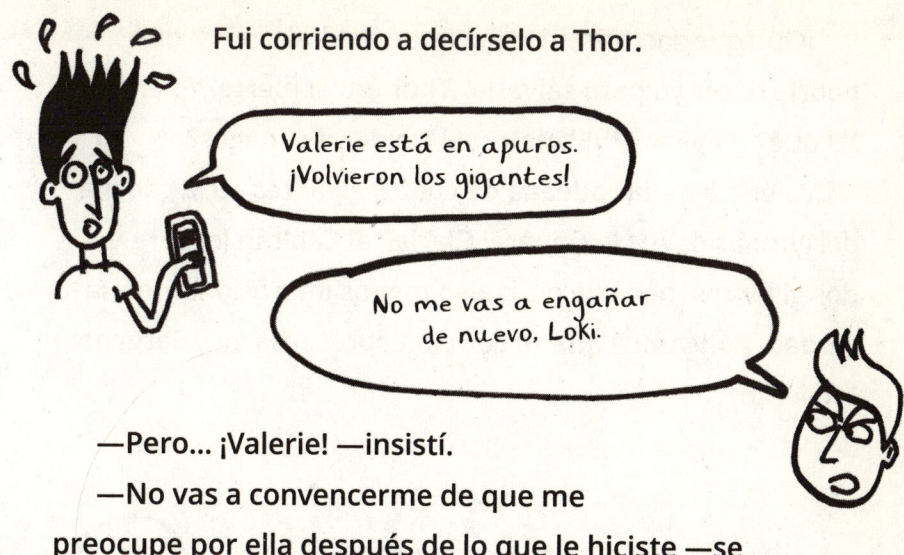

Valerie está en apuros. ¡Volvieron los gigantes!

No me vas a engañar de nuevo, Loki.

—Pero... ¡Valerie! —insistí.
—No vas a convencerme de que me preocupe por ella después de lo que le hiciste —se burló Thor—. Ahora vete, que estoy jugando boliche. Y luego llamaré a Odín para que pongamos fin a esta farsa.

Estaba solo, sin apoyo alguno. Me escapé del boliche mientras los demás estaban a la mitad de la partida. Fui corriendo a la escuela y...

¿Qué querían hacer los gigantes con Valerie? ¿Y qué podría hacer yo para salvarla? Thor era el fuerte. Yo era... ¿El qué? ¿El pícaro? ¿El malo? ¿El traidor de amigos?

Valerie estaba rodeada de cuatro gigantes en la cancha del gimnasio. Vi a la General Glacial, al Capitán Iceberg y a dos gigantes más que eran algo menos impresionantes, la verdad. Pongamos que se llaman Cabo Barbazul y Sargento Friolento.

> Por favor, no me coman.

—Aquí nadie se va a comer a nadie —dijo la General Glacial—. ¡Pero sí vamos a tomarla como rehén para que los dioses caigan y poder así llevarlos a TODOS a las mazmorras del rey! ¡Asgard caerá y nosotros venceremos para toda la eternidad!

Yo estaba en forma de niño, escondido detrás de un arbusto junto a la cancha del gimnasio, cuando una hoja me hizo cosquillas en la nariz...

¡ACHÚ!

—¿Quién anda ahí? —bramó uno de los gigantes.

—Excelente —berreó otro de los gigantes—. ¡Ya lo tenemos a él también! Pero ¿dónde está el guapo?

—Jugando boliche —respondí. Tenía tanto miedo que

ni siquiera comenté nada sobre que hubieran llamado a Thor «el guapo».

—Entonces ¿ya está? —preguntó Valerie—. ¿Te capturaron y estos malvados alienígenas nos van a comer?

—Los vamos a meter en nuestras mazmorras —corrigió la General Glacial—. Que no somos monstruos.

—Tengo algo que contarte, Valerie —dije.

Estaba maquinando un plan en mi cabeza, pero implicaba quebrar la única norma irrompible que había establecido Odín. Era un boleto de ida permanente a Villaserpiente, sin vuelta atrás, sin más oportunidades.

Iba a tener que enseñarle mis poderes.

Ya no tenía nada que perder, pero al menos podría salvar a Valerie.

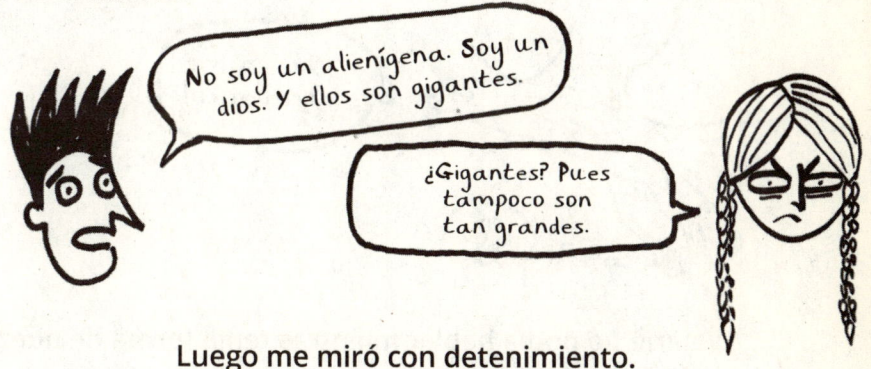

No soy un alienígena. Soy un dios. Y ellos son gigantes.

¿Gigantes? Pues tampoco son tan grandes.

Luego me miró con detenimiento.

—Y tú no pareces un dios. Para nada.

—Y tampoco actúo como un dios —confesé—. Pero por una vez quiero hacerlo. Ahora mismo. ¿Confías en mí?

—Pues no, la verdad —respondió Valerie—. Acabas de confesar que llevas diciéndome mentiras todo este tiempo, y me traicionaste y...

—Okey, pero ¿confías más en mí que en esos gigantes que acaban de decir que van a comerte o a meterte en una mazmorra?

—Tal vez —dijo Valerie, encogiéndose de hombros.

—Pues ya está —dije, tomándola de la mano.

Dejé que la magia fluyera por mi cuerpo y por el suyo y me transformé en un halcón. A ella la convertí en una nuez y la agarré. Antes de que los gigantes se dieran cuenta de lo que estaba haciendo, eché a volar y pude oír sus gritos de fondo.

¡Nunca me atraparán!

Ay, ay, ay.

Valerie no podía hablar mientras tenía forma de nuez, pero noté cómo se movía y pensé que a lo mejor estaba intentando decirme: «¡No los provoques hasta que estemos a una distancia segura!».

Los gigantes adoptaron sus propias formas para poder volar. Uno se convirtió en águila. Otro, en un murciélago gigante. La verdad es que era bastante cool. Todos se lanzaron por los aires para perseguirnos. Batí las alas y me elevé por el cielo hasta alcanzar nuestro destino, para después caer en picada tan rápido como quiso la gravedad.

Cuando aterrizamos en el estacionamiento del boliche, volví a transformarnos en humanos. Corrimos dentro, y todo el mundo se quedó mirándonos.

Nuestros enemigos, todavía en forma de pájaros, se abalanzaron sobre nosotros. Al ver todo ese revoltijo, los humanos del boliche empezaron a gritar y a correr.

Las bestias voladoras comenzaron a crecer y recuperaron sus formas verdaderas.

—¡GIGANTES! —gritó Thor, más observador que nunca. Les lanzó una bola de boliche.

Hyrrokkin silbó y su lobo llegó corriendo en forma de perro con ropa. ¿Quién lleva mascotas al boliche?

Bueno, claro, Hyrrokkin, cómo no. El lobo se liberó de su forma de perro y creció... y creció...

Heimdall sacó una imponente espada, que debía tener guardada en algún sitio bastante incómodo.

Qué espectáculo tan maravilloso.

Al fin y al cabo, los dioses en forma de humanos siguen siendo dioses.

Luego empezó la pelea. Fue algo más o menos así:

Muy poco después, se asentó el polvo, y derrotamos a los gigantes.

—Esta vez ustedes ganan, asgardianos —dijo la General Glacial, en cuya armadura ahora tenía una mordida del lobo de Hyrrokkin.

—Pero volveremos —añadió el Capitán Iceberg, que tenía la barba embadurnada de kétchup porque Thor le había dado con una bandeja de comida sucia.

—Y nosotros estaremos preparados —gruñó Thor.

—De hecho, ¿por qué no sellamos esta disputa de una vez por todas? —sugirió Hyrrokkin. Tenía en la mano una silla rota y daba más miedo que nunca.

Los gigantes de hielo, maltrechos y magullados, se miraron entre sí.

Luego huyeron despavoridos, volviendo a sus pequeñas formas de humanos.

Tenía que admitirlo: se me dio mucho mejor esconderme que pelear.

—Pero, gracias —agregó Valerie—. No fue un mal rescate.

Para mi sorpresa, me dio un abrazo.

Heimdall e Hyrrokkin nos escoltaron, a Valerie incluida, hasta estar a salvo en nuestra residencia mortal.

Nos sentamos en una mesa y bebimos unos líquidos calientes. Valerie exigió saberlo todo.

—Como ya te vio usar tus poderes, supongo que el daño está hecho —señaló Hyrrokkin—. Pero tendrás que responder ante Odín.

—¿A qué te refieres? —preguntó Valerie.

—La única norma de Odín era que Loki no podía revelar sus poderes a los mortales. Tenemos un acuerdo con los demás dioses, y romperlo implica la tortura eterna —explicó Heimdall.

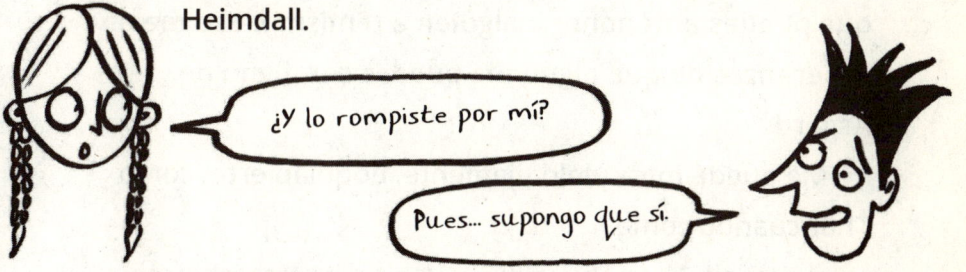

¿Y lo rompiste por mí?

Pues... supongo que sí.

—Sí lo rompiste —dijo Odín. De repente, apareció en la mesa con nosotros. Se me heló la sangre. El té caliente se convirtió en veneno cuando entró en mi boca.

No literalmente, solo estoy exagerando y siendo un poquito dramático.

—Lo siento, Padre de Todo —imploré—. Rompí la única norma. Pero, en mi defensa... —se me apagó la voz. Estaba cansado. Ya no se me ocurrían más engaños. Me habían descubierto—. No tengo nada con que defenderme. Llévame con las serpientes.

NO.

Odín me miró con su único ojo durante lo que me pareció una eternidad.

Luego me dijo algo bastante inesperado.

—No te voy a enviar al castigo de la serpiente todavía, Loki. Aunque hiciste cosas tremendas aquí en la Tierra, incluido romper una de nuestras normas más sagradas, realmente creo que cambiaste. Demostraste que puedes anteponer a alguien a ti mismo. Eso me da esperanzas de que algún día puedas ser digno de Asgard.

Me quedé mirándolo fijamente, boquiabierto, como Thor cuando come.

Heimdall, Thor, Hyrrokkin y Valerie intercambiaron miradas.

—Mira, no voy a pretender que te conviertas de un día para otro en una buena persona —siguió Odín—. Rompiste las reglas, pero por una buena razón: proteger a tu amiga.

Estás cambiando. Así que quizá pueda cambiar yo también. Hasta un viejo como yo se puede permitir ser flexible con las normas. Te propongo un trato nuevo. Tu nueva misión consiste en proteger a los mortales de los gigantes de hielo —dijo Odín—. Y de todas las demás amenazas de los demás reinos.

—Entonces ¿no tendré que volver a escribir en ese estúpido diario? —pregunté con la voz entrecortada—. ¿Y seré, en su lugar, un héroe?

—Me voy a explicar: esta es tu misión ADICIONAL —dijo Odín—. Todavía tienes que progresar MUCHO, y tendrás que informar cada día sobre ello en el diario.

—Ah, está bien —refunfuñé.

—Y ahora tú —Odín se dirigió a Valerie—. Debes jurar que no vas a contarle a ningún alma mortal lo que averiguaste.

—¡No diré nada! ¡Lo juro por mi caballo! —proclamó Valerie con solemnidad—. Aunque todavía me cuesta creer que no sean alienígenas. ¿Y qué pasa con...?

—Hasta pronto —Odín chascó los dedos, y Valerie desapareció.

Una lástima. ¡Tenía muchas ganas de contarle más cosas sobre mi verdadera identidad! Aun así, la cosa estaba mejorando.

—Entonces ¿de verdad no me vas a castigar con goteo de veneno de serpiente? —pregunté.

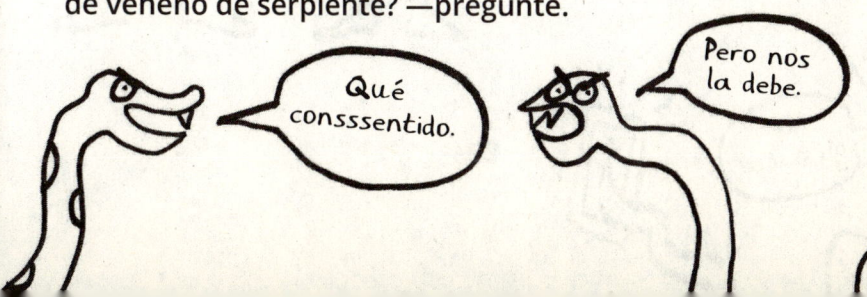

—No, a menos que hagas algo más para merecerlo —contestó Odín.

—Y... ¿me quedo aquí para proteger a los mortales?

Odín asintió.

—Bueno —intercedió Thor—, pues yo me quedo con él.

—¿Cómo? —preguntó Odín atónito, abriendo y cerrando su único ojo.

—Es una digna misión —aclaró Thor—. Y Loki necesitará mi fuerza de su lado.

—Eso es cierto —dije, dando un puñetazo al aire—. Mis brazos son como fideos.

—Entonces nos quedamos nosotros también —anunció Hyrrokkin—. Creo que me quedan cosas por explorar aquí en la Tierra. Además, resulta que me gusta el boliche, muy a mi pesar. Los zapatos son MUY cómodos. Y estoy empezando a tener un montón de seguidores en las redes sociales. Hago publicaciones sobre mis serpientes y, al parecer, a los terrestres les encantan.

Heimdall se encogió de hombros.

—Pues, bueno, si todo el mundo se queda, no seré yo quien abandone a la familia.

—Pero no somos una familia —dije.

—¿Seguro que no? —preguntó Odín riéndose entre dientes. Por lo general, odio las risillas por lo bajo, pero esta me hizo sentir un curioso calorcito, como cuando haces pipí mientras te bañas en un mar frío del norte.

—Bueno, me voy yendo, que esta noche hay banquete —se despidió Odín.

—Abrazos para todos de mi parte —dijo Thor—, incluso para los gatos de la tía Freyja.

—Y de mi parte... —me surgieron dudas. La última vez que vi a la gente en Asgard, estaban todos furiosos conmigo—. Ahora que lo pienso, es mejor que no me menciones.

—Les hablaré de tus hazañas en la Tierra —dijo Odín. ¡Y hasta sonrió!

Me vi a mí mismo sonriendo también.

En un plis plas, desapareció y me quedé con mi «familia».

No sabía qué me depararía el futuro, aparte de (muy probablemente) ataques de gigantes furiosos. No sabía si Valerie seguiría siendo mi amiga. No sabía si llegaría alguna vez a ser digno de Asgard. Pero supe que, por primera vez en mi extraña y furiosa vida, no estaba solo.

—Por cierto —agregó Heimdall.

Estás CASTIGADÍSIMO.

Agradecimientos

KAREN LAWLER — La mejor esposa para toda la eternidad

MOLLY KER HAWN — Agente de Asgard

NON PRATT — El dios de la palabra

LINDSAY WARREN — La diosa de la palabra al otro lado del charco

JAMIE HAMMOND — El dios del arte

KIRSTEN COZENS — La del panteón publicitario

KAREN COEMAN — Ser de pura luz

RACHEL FATUROTI — El dios nórdico del No

MARK BRADLEY — El dios de las viñetas en los márgenes

DAN BERRY — El gigante de los cómics

EQUIPO SWAG — Caballos de apoyo emocional

FEMINISMO 2.0 — Mujeres de brutal perspicacia

ALICE, HELENA Y VICKY — Majestuosas valkirias

DAVID Y ROBIN — Deidades perro-adyacentes

ABBIE Y ELIZABETH — Las Nornas del agujero negro